「おねがい」
「うん！」
オノドリムはそう言い、
俺の皮を受け取って、
大事そうに抱きかかえた。
まるでプレゼントにドレスをもらった
女の子のような仕草で
俺の皮を抱きかかえてから、
そっと皮の唇に口づけた。
マテオ

「だ、だれだ!?」

反射的に誰何をするイシュタル。

一方で、俺は目を見開き驚いた。

「君は……もしかして……悪魔?」

イシュタル

オノドリム

ブラン

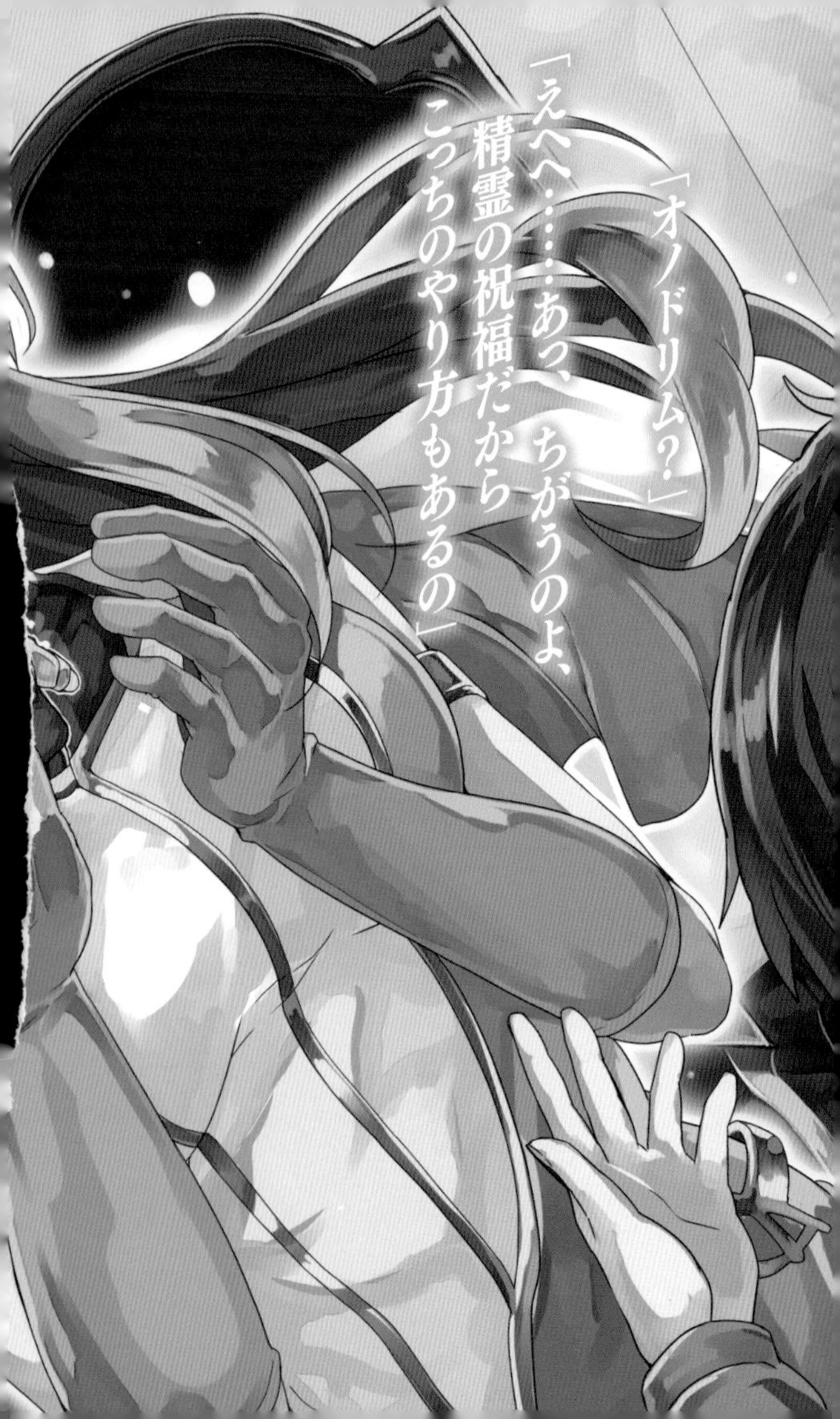
「オノドリム？」
「えへへ……あっ、ちがうのよ、
精霊の祝福だから
こっちのやり方もあるの」

Author
三木 なずな
Illustrator
柴乃 櫂人
7
報われなかった村人A、
貴族に拾われて溺愛される上に、
実は持っていた伝説級の
神スキルも覚醒した

CONTENTS

ダッシュエックス文庫

報われなかった村人A、貴族に拾われて溺愛される上に、
実は持っていた伝説級の神スキルも覚醒した7

三木なずな

第六章　夜王

150　破裂する

水間ワープで海の底に来ていた。

普通、人間の体では息をすることはもちろん、周りが暗くて何も見えない水中だから、あらゆる行動に制限がかかる。

だけど俺は海神（わたつみ）ボディに何度も乗り移ったり、海中に住む人魚の加護を受けたりしているから、水中でも地上と全（まった）く変わらない過ごし方ができる。

それどころか、普段は海底を地上のように歩けるのに、その気になれば水中を泳ぎ出すこともできる。

海神と人魚の加護のいいとこ取りをしていて、ともすれば地上よりも過ごしやすいかもしれないと思うことがよくある。

が、それは俺だけのこと。

海神の力も人魚の加護を受けているのも俺だけ。

俺以外の者は普通に海の中の、当たり前の制約を受けていたりする。

「えっと」

俺は手をかざして、水間ワープを使う。

水間ワープで、屋敷に置いてきた小さな樽を取り寄せた。

職人に作らせた、完全に密封している小さな木製の樽。

それは水間ワープで手元――つまり海底に取り寄せた瞬間、壊れた。

密封して、中身が空になっている樽は、海底の圧力に一瞬たりとも耐えられずに押しつぶされてしまったのだ。

「だよね」

「何してんの？」

「わっ、サラさん」

真横からニュッ、って感じで顔を出してきたのは人魚のサラ。

いや、人魚姫のサラだ。

彼女は海中を支配する人魚の女王の娘で、出会ってからずっと仲良くさせてもらっている。

そんな彼女は真横から顔を出して、水圧で押しつぶされて、水中だからプカプカ浮かんでいる樽の破片を見た。

「どうしてここに？」

「マテオの気配を感じたの。長めにいるみたいだから会いに来た」

「そうなんだ」

「それよりも、これ何してんの？」

サラは破片を指さし、聞いた。

「ちょっと試したいことがあって、それの前確認……っていうのかな。それをやってたんだ」

「試したいこと？」

「うん。ほら、地上のものって、普通は海底だとすごい圧力かかっちゃうじゃない」

「うん。こんな風に粉々（こなごな）だもんね」

「それで、最近使うようになったものは大丈夫かなって」

「そういうことね。使うようになったのって何？」

「これだよ」

俺はポケットの中から皮の金貨を二枚取り出した。

一枚はエクリプスにあげたけど、いろいろ考えた結果やっぱり「一」と「複数」は大分違うから、まだ色々と試す段階もあってもう一枚追加して二枚（複数）にした。

それをサラに見せた。

サラは俺の手の平にのっている皮の金貨をまじまじと見つめた。

「それって人間のお金？　でもそういう形のものは押しつぶされないよ？」

「うん、ここからなんだ」

　俺はそう言い、皮の金貨を指で弾いた。

　グルグルと回りながら放物線を描いて飛んでいく皮の金貨。水中ということもあって、その軌道は地上にいる時に比べて遥（はる）かに緩（ゆる）やかだ。

　それもちょっと面白いと思いつつ、そこにエクリプスの力を通した。

　皮の金貨がみるみるうちに膨（ふく）らみ、ちょっとデフォルメされた俺になった。

　これを試したくて海底に来た。

　皮といえば中身はスカスカだ。

　マテリアルコーティングされているけど、水中だとどうなるのか。

　腐るのかどうか、膨らむのを維持し続けられるかどうか。

　その辺りをテストしたくて、海底にやって来た。

「うん、とりあえず元の形には戻せるみたいだ」

「……」

「サラさん？」

「……」

　実験の第一段階が成功して満足する一方で、サラが俺の皮をじっと見つめていることに気づいた。

　目を見開き、ものすごく真剣な顔で見つめている。

「サラさん？　一体――」

「か」

「――か？」

「か、かわいい‼」

「えっと……」

「ちょ、ちょっとちょっとサラさん？」

「可愛いきゃああああ可愛いいいいいい！」

サラはめちゃくちゃ興奮しだした。

「ねえマテオ、これ何？」

「えっと、僕の……人形、っていうか」

僕の皮、と言いかけたけど咄嗟に言い換えた。

「誰が作ったの？」

「僕……かな？」

「すごい！　マテオ、そんな才能もあったんだね！」

「う、うん」

「ねえ、これすごく可愛い！　一体あたしに頂戴？」

サラはそう言って、おねだりしてきた。

「それはいいんだけど……」

「ダメなの？」

「だめっていうか……どこから話せばいいのかな。これ、今僕の力で形を保ててるんだけど」

「そうなの？」

「うん、たぶん……力を抜くと、ほら」

説明しながら、エクリプスの力を止めた。

すると人の形をしていた俺の皮が、みるみる膨らんでいった。

もともとがデフォルメされているような、やや丸っこい感じのフォルムだったが、今はそれ以上に膨らんでいる。

「なんかフグみたい」

「中は空洞なんだ。だから力を抜くとこんな風に膨らんじゃうんだ」

「そっか……マテオの力がないとだめならだめだね……残念」

サラは言葉通り残念がった。

肩をがっくりと落とすくらいの気の落ちようで、ここまで残念がってくれるのならどうにかしてあげたいとちょっとだけ思ってしまう。

それにはまずテストを、と思い再び皮の方を見た。

皮は二体あって、今は一体だけにエクリプスの力を通している。

通していない方はぷく——と膨らんでいるが、弾け飛ぶほどではない。

もう一体の方にかけているエクリプスの力を消した。

するとこっちもみるみるうちに膨らみ——やがて弾け飛んでしまった。

「ああっ！　ど、どうしたの？」

「ごめんね。こっちはマテリアルコーティングっていうのをしてなくて、こっちに比べて頑丈じゃないんだ」

「そうなんだ……」

　エクリプスに一枚あげた後に新しく作った方は、比較のためにマテリアルコーティングをしないで持ってきたけど、やっぱりダメだったようだ。

「マテリアルコーティングなしは全くダメで、ありなら影響出るけど持ちこたえられる、ってことだね」

「水中ならお母様に頼めば大丈夫にしてくれるよ！　あたしちょっと行ってくる！」

　サラはそう言って、止めるよりも早く泳ぎだした。

見え方を地上にいる時と同じようにしてくれたこともあって、泳いでる姿はまるで空中を飛んでいるように見える。

　人魚姫サラのその姿は綺麗なものだった。

　俺は、残った最初のマテリアルコーティングありの皮に再びエクリプスの力を通した。

マテリアルコーティングとエクリプスありだと地上と同じくらいの見た目になる――が。

「動きはちょっと鈍いか……」

動きまではカバーできなかったようだ。

操作している皮の動きは鈍く、言葉通り水中にいるような重さだ。

サラは女王に頼んでくれるっていうけど、当面はいろいろ試すし、消耗品(しょうもうひん)として使うかもしれないし。

とりあえず一枚だけなんとかしてもらおうかなって思った。

「あれ？」

ふと、空――じゃなくて上を見あげた。

空ではない水面の方から何かが降ってきた。

「……雪？」

それはまるで雪のような、白いそれなりの大きさの粒だった。

海で雪……？

初めて見る光景に、俺はちょっと困惑した。

151 吸収する皮

俺は空――いや、海底だから「水面を見あげた」。

降ってくる白いものは完全に雪にしか見えなかった。

粒の大きさも、降ってくる速さも。

完全に雪にしか見えなかった。

手を出して、雪が降った時によくするように、手の平に雪をのせるようにキャッチする。

手にのった雪っぽいそれはずっとそのままで、溶けそうな気配は全くなかった。

「冷たくもないし……なんだろこれ」

不思議がって、それをつんつんしてみた。

余りにも小さいということもあってか、感触らしい感触はほとんどない。

白いこともあって、小麦粉のちょっとでっかいヤツ、という感じがしてきた。

「もどったよー、ってマテオ何してんの？」

サラは戻ってきて、俺がまじまじと手の平を見つめているのが気になったのか、そう聞いて

きた。

「え？　あっ、これ何かなって」

手の平にのせた白っぽいやつをサラによく見えるように差しだす。

サラは俺の手の平を覗き込んで、ちょっと不思議そうな顔をした。

「マリンスノーのこと？」

「マリンスノー？」

「うん！　たまに降ってくるよ、地上から」

「地上から降ってくるの？」

「そっか、人間はこれのことあまり知らないのかな」

「うん」

俺はそう言って、はっきりと頷いた。

マリンスノーという言葉を聞いてから、頭の中でその言葉を探したが、該当する言葉はなかった。

それよりも前から「海底に降ってくる白いもの」で知識の引き出しを片っ端から開けていったけど、やっぱりなかった。

爺さんとイシュタルにたくさんの本を集めてもらって、それを片っ端から読んで知識量が増えたという自負はあったけど、その知識の中に一致するものは全くなかった。

「しょうがないっか。これ、海底まで来ないと見られないし、あたしたちと同じ目じゃないと見られないし」

「そっか……」

サラの言葉に納得した。

まず人間が海底まで来ることはほとんどなくて、たとえ来られたとしても海底は真っ暗な世界で何も見えない。

俺は人魚の加護と海神の力で普通にものを見られているけど、普通は全く見られないもんな。

「えっとね、確か土地に溜まった魔力——みたいなものだってお母様が言ってた」

「魔力なの？」

「みたいなもの」

サラは半分肯定、半分否定みたいな感じで答えた。

「どういうことなの？」

「あたしもよく分からない。お母様ならもうちょっと詳しいと思うけど。でも普通の魔力じゃないって言ってたのは覚えてる」

「そうなんだ」

「その魔力っぽい何かって、地上のあらゆるところにあるみたいなの。で、雨が降った後とかに地面の下に溶け込んで、地下水に混じった後、海に流れ込んでくるんだって」

「へえ、面白いね」

「でね、土地に満遍なくうすーくあるけど、溶けて集まって、最終的に海にたどりつく頃にはこうしてまとまった大きな粒になるってお母様が言ってた」

「なんだか川の流れみたいだね。小さな川がどんどん流れてどんどん集まって、やがて一本の広い川になるみたいな」

「どっちも水だからね」

「そうだね」

このマリンスノー自体なんなのかは未だに分からないけど、その来し方行く末みたいなのがなんとなく分かった。

「これって何か害はないの？」

「ないよ。ずっとあるものだし、それでなんか起きたってことも聞いたことないしね」

「そっか、じゃあ気にしなくてもよさそうだね」

そう言って、マリンスノーのことは忘れることにした。

具体的なことは何も分からないけど、大丈夫なことは分かったからそれでいいやと思った。

「というかマテオ、なんでそれを手の平にのせてたの？　こんな感じ？」

サラはそう言って、両手を広げて見せた。

さっきまでの俺と同じように、その手の平にマリンスノーをのせた。

「特に意味はないよ。地上の雪は冷たいから、なんとなくこうやって雪をキャッチすることがあるんだ。なんだろ……風情（ふぜい）？　かな」

言われてみたらなんでだろうと思った。

雨が降った時もするけど、雪が降った時は特にこうする。

雨の時は雨が降ったって確認したらすぐにやめるけど、雪の時は雪が降ったと確認——手の平にのった後もしばらくじっと見つめることがある。

なんでそうしたのかよく分からないから、とりあえず「風情のため」というふわっとした答え方をした。

「風情なんだ」

「うん」

「へえー」

サラは興味津々（しんしん）って感じの顔で再び手を広げて、マリンスノーをキャッチした。

俺はさっきやって、冷たさを感じなかったから風情を感じなかったけど、サラがやっているから俺も同じようにした。

手の平にのせてもやっぱり何も感じなくて、当然風情も感じられない。

でもサラがやっているからとりあえずつきあった。

なんとなしに、すぐ側にいる俺の皮にも同じようなことをさせた。

ちょっとだけまん丸くなったフォルムの俺の皮が両手を広げた光景は、ちょっとコミカルだった。

そんな皮の手にもマリンスノーがのったその瞬間。

「え？」

「どうしたの？」

「マリンスノーが溶けた？」

俺の目に映ったのは、皮の手の平にのった瞬間、マリンスノーが消えてしまったという光景だった。

俺の手でもサラの手でも何も起きなかったのが、皮の手の平にのった瞬間すっと溶けてしまった。

「本当だ、溶けてるね」

「これは一体……あっ」

さらに変化が起きて、それにはすぐに気づいた。

手の平の中でマリンスノーが溶けた俺の皮は、ぼんやりとした光を放ちだした。

まだ確実なことは何一つ分かっていないけど。

「吸収……してるの？」

俺の皮が魔力の集まりを吸収している。

なんとなくそうなんじゃないかと、俺は思ったのだった。

152 雪と血

「マリンスノーを吸収してるってことなの？」

「たぶんそうだと思う」

「すっごーい。ねえねえ、吸収してどうなるの？」

「……うーん」

その質問には答えられなかった。

吸収してどうなるのかというのは、今のところ変化を感じていないからだ。

「魔力ならなんでも吸収するのかな」

「やってみる？」

「うん！　えっと……こう、かな」

俺はエクリプスの力の操作で、皮の向きを変えた。

皮と自分が向き合うようにし、皮の手を自分の方に差し出させた。

その手の上に自分の手をかざして、慎重に、ちょびっとだけ魔力を放った。

魔力が塊として出て、皮の手と触れた――が。

吸収されずに拡散して、海の中に溶けていくかのように消えてしまった。

「吸収しなかったね」

「マリンスノーだからなのかな」

そう言って、またエクリプスの力で皮を操作。

さっきと同じようにマリンスノーを皮の手の平でキャッチさせてみる。

すると、マリンスノーはまた吸収された。

「あっ、吸収したね」

「じゃあやっぱりマリンスノーだからだね。ねえ、マリンスノーってこうなるものなの？」

「ううん、初めて見た。全く聞いたこともないよ」

「そうなんだ」

「マリンスノーと、マテオのこのお人形だからなのかもね」

「そうなると、この皮だからってことだよね。この皮の特殊なところ……あっ！」

俺は声を上げた。

皮のことで少し心あたりがあった。

「どうしたの？」

「ちょっと試してみたいことがあるから、見てて」

けた。

　サラはそう言って、尾びれを器用に動かし、器用に後ずさって俺からちょっとだけ距離をあけた。

　俺は同じように、皮を数歩後ずさらせて、同じように距離をあけた。

　そうしてから、ナイフを取り出す。

　何度か使ったナイフだから、全く躊躇(ちゅうちょ)することなく自分の胸に突き立てた。

「マテオ⁉」

　俺にはもう慣れた行動だが、サラは初見だった。

　驚きの声をあげるサラを見て、俺は説明不足だったなと思い動きを一旦とめた。

「大丈夫、これは普通のナイフじゃないから」

「そ、そうなの？」

「うん、そのまま見てて」

「分かった」

　俺の説明でひとまずは納得してくれたようで、サラは相変わらずハラハラした表情のままだったが、声を上げたり止めたりとか、そういうのはしないで見守ってくれた。

　俺はナイフを使って、慣れた手つきで自分の皮を切り出した。

　すぐにまた、俺の皮がもう一枚できた。

「うん！」

深海の水圧の中だけど、「膨らんでいない」皮は押しつぶされるような構造になっていないから、どうもしなかった。

一方、まるで脱皮したかのように皮を剝いだその姿にサラは驚き、ポカーンと口を開け放っていた。

「そ、それは？」

「それと同じものだよ」

俺はそう言い、少し離れたところで立たせている皮を指した。

そっちを見たサラは、少しずつ驚きが収まった。

「そうやって作ったんだ……」

「そういうこと」

厳密にはちょっと違う。その「違い」が今は必要だった。

俺は剝いだばかりの皮にもエクリプスの力を通した。

それまでヘニャヘニャだった皮は空気が満ちていくかのように膨らんでいった。

「むっ……」

「どうしたの？」

「大丈夫」

膨らんでいく途中で深海の水圧を感じたが、力を強めに込めることでそれに対抗することができた。

「じゃあ、やってみるね」

「……あっ、つくったばかりので試してみるってことだね」

厳密にはちょっと違う——けど、どっちにしろすぐに結果が出るだろうから、説明よりもまず試してみることにした。

新しい皮の手の平で、さっきと全く同じようにして、マリンスノーをキャッチした。

手の平にマリンスノーがのったが。

「あっ、消えない」

「消えないね」

驚くサラ、平然としている俺。

「マテオ、驚かないの？」

「たぶんこうなるって予想してたから、そのために試してみたんだ」

「そっか！　えっと……できたばかりなのはダメってこと？」

「ううん、そうじゃないよ」

俺はゆっくりと首を振った。

元の皮と新しくできた皮。両方ともエクリプスの力で動かして、俺とサラの前に並ばせた。

こうして並んでいると全く同じ姿、双子のような姿に見える。

どこも違いなんてないように見える――が、二種類の皮には決定的な違いがあった。

「こっちのマリンスノーをキャッチできる方は処理をしてあるんだ」

「処理？」

「うん、長く使えるように、頑丈にする処理……って感じの」

「へえ」

「その処理っていうのがね、海神(わたつみ)の血を塗り込むことなんだよ」

「えっ⁉」

サラはますます驚いた。

当然だろう。

彼女にとって――いや彼女たち人魚にとって、海神というのはそれほどの言葉、それほどの存在だ。

「海神の血って、どういうことなの？」

「文字通り海神の血を使ったんだ。血を魔力でオーバードライブして、皮――人形に塗り込んだんだよ。神の血だからそれで長持ちするようになるんだ」

「なるほど！　うん、神の血だもんね！」

細かい技術や原理など何も伝わっていないしそもそも話してもいないが、サラは「神の血」という言葉だけで全て納得したようだ。

それもまた海神が如何に特別な存在であるのかという証拠だなと思った。

「この二つの違いはそれだけだから、そのせいだと思うんだ」

「そっか、海神様の血を使ったから、マリンスノーを吸収できたんだ」

「たぶんね」

サラとは違って、それだけで完全に納得することはできなかった。

状況的に見てそう判断するのが妥当――だとしてもそれだけで完全に納得はできなかった。

だから。

「ちょっと待っててね」

サラを待たせて、海神ボディを水間ワープで取り寄せた。

前のと同じように、海神の血をもらって、それをオーバードライブして新しい皮に塗り込む。

海神の血を見て、俺が同じことをすると理解したサラは静かに、しかしワクワクした瞳で見守った。

オーバードライブによるマテリアルコーティングは上手くいった。

その、マテリアルコーティングが成功した新しい皮をエクリプスの力で操作して、全く同じようにしてマリンスノーをキャッチする。

すると――。

「あっ！」

「吸収したね」

「うん！」

新しくマテリアルコーティングした皮もマリンスノーを「吸収したように見えた」。

その光景に、俺とサラは大いに興奮したのだった。

153 離れていても

「ねえねえ！　これでどうなるの？」

サラは興奮したまま聞いてきた。

それにはちょっとだけ困った。

「まだ分からないけど、もうちょっと様子見しよっか」

「そだね！」

俺はサラと並んだまま、一緒になって皮たちがマリンスノーを取り込んでいくのを見守った。

「ねえねえ、これって他にどういうことができるの？　もしかしてお使いに出したりできる？」

「お使いは……ちょっと難しいかもしれない」

「そうなの？」

「うん、ちょっと試してみるね」

俺はそう言って、水間ワープでその場から離れた。

屋敷の自分の部屋に飛んで、部屋の中でしばらくじっとした。

数分間そうしてから、また水間ワープでサラのところに戻った。

「ただいま」

「お帰り！　すっごく分かりやすかった」

サラはそう言って、興奮したまま真横に視線をむけた。

そこには布か何かのように、しぼんで海中をゆらゆらしている皮たちの姿があった。

「マテオがいなくなったらすぐに動かなくなったんだ」

「だよね。僕の力が及ばない範囲に出ちゃうと動かなくなっちゃうんだ。今回は僕の方から離れたけど」

そう言いながら、再び皮にエクリプスの力を通して、マリンスノーの取り込みを再開させる。

サラが疑問に思ったそれは、彼女がそうだったように、俺もこの力をエクリプスからもらった時に真っ先に思ったことだ。

その時にはまだ皮はなかったから、魚とかで試したりしてみた。

調理する前の魚も、ガイコツも、そしてこの皮も。

全部が同じで、俺から離れると力が及ばなくなる。

それは純粋に距離次第で、開けた場所で体自体はまだ見えていたとしても、指のしている形が分からないくらいに離れると、力が届かなくなる。

今みたいに、屋敷まで戻っていたらなおさら力が届かない。

「僕がいなくなっても動けるのなら便利なんだけど」

「できないの？」

「そうみたい」

「そっかー。しょうがないね」

サラは言葉通り、大して残念がることなく引き下がった。

「でも、マテオって本当すごい」

「え？」

「だってこれ、マテオじゃなかったらできなかったことだよね。海神様の血を使うなんて、マテオ以外には絶対無理だもん」

「でも、偶然だよ。僕だって狙ってやったわけじゃないんだから。オノドリムに勧められたまま彼女の力を借りてたらこうはならなかったし」

「へえ」

サラはそう言って、ちょこんと小首を傾げ、少しの間、思案顔をした後に。

「それってでも、もっとすごいよ」

「え？　それってどういうこと？」

「だってそれって、海神様と大地の精霊の力を選べたから、だよね」

「う、うん」

「あたしってタダの人魚だから、タダの人間と同じようなものだけど。海神様も大地の精霊も、片方だけでもすごいのに、それをどっちでもいいって『選べる』ことがすごいんだよ」

「う、うん。そうだよね」

ちょっと戸惑ったけど、それはサラの言うとおりだと思った。

海神ボディをまるで自分の体のように使わせてもらってるから気づかなかったけど、そもそもが海「神」のボディだ。

それの力と、大地の精霊の力。

両方を好きにどっちも選べるなんて、確かにすごく贅沢な話だ。

言われて、改めてすごいなと俺自身も思った。

「ねえ！　海神様の代わりに大地の精霊に今のをしてもらったら、マリンスノーはどうなるのかな」

「そっか！　それは気になるよね」

これまたサラの言うとおりだと思った。

もともとオノドリムにやってもらうのが申し訳ないから、「俺自身」でやれる海神の血でオーバードライブして、マテリアルコーティングをした。

これまではそれで良かった。けど、海神の血でマリンスノーを取り込めているとなったら、オノドリムにマテリアルコーティングをやってもらったらどうなるのか、という新しい疑問が生まれる。

そうなると、居ても立ってもいられなくなった。

「ちょっと行ってくる！」

「うん！」

サラに見送られて、俺は再び水間ワープで屋敷に戻った。

その場にサラと皮を残して。

「オノドリム、いる？」

「はーい」

俺が呼びかけた途端、オノドリムが目の前に現れた。

呼んですぐに現れたことにちょっとびっくりした。

「近くにいたの？」

「ううん。でも、君が呼んでくれた時はすぐに駆けつけるから。いつでも、どこにいても」

「そ、そうなの？」

「うん！　だって命の恩人だもん、命の恩人の声を聞き逃すわけがないじゃん」

オノドリムはそう言い、屈託のない、満面の笑顔を見せた。

さらっと言ってるけど、大地の精霊にとっても「常に耳を立てている」状態は普通のことじゃないはずだ。

それだけこっちに意識を向けてくれていることは有り難いことだと思った。

そう思いながら、オノドリムに本題を切り出した。

「あのねオノドリム、一つお願いがあるんだ」

「やった！　なんでも言って」

こっちからお願いをするはずなのに、オノドリムは「やったー」と喜んだ。

「あのね、改めてなんだけど、僕の新しい皮にオノドリムのマテリアルコーティングをしてほしいんだけど……お願い、できる？」

「もっちろん！」

オノドリムは即答した。

大喜びで即答し、小躍りしそうな勢いだ。

「ありがとう」

まずお礼を言ってから、ウキウキ顔のオノドリムの前でナイフを取り出し、いつものように自分に突き立てた。

そしてもはや慣れてきた手順で、自分の皮を剝いだ。

手順は慣れてきたけど、皮を一枚剝いだのに、自分の見た目は何も変わらないという点はまだちょっとだけ違和感が残っている。

そんな違和感をおくびにも出さないで、ナイフをしまって、両手で皮を持ってオノドリムに差し出す。

「おねがい」

「うん！」

オノドリムはそう言い、俺の皮を受け取って、大事そうに抱きかかえた。

まるでプレゼントにドレスをもらった女の子のような仕草で俺の皮を抱きかかえてから、そっと皮の唇に口づけた。

「オノドリム？」

「えへへ……あっ、ちがうのよ、精霊の祝福だから、こっちのやり方もあるの」

「へえ、そうなんだ」

一瞬不思議には思ったけど、「精霊の祝福」という言葉で口づけという行動に納得した。

オノドリムはちょっとだけ照れて、しかし嬉しそうな顔はそのままで、また俺の皮に口づけした。

今度は止めなかったから、俺の皮がぼんやりと光り出した。

それを見て、マテリアルコーティングにもいろいろやり方があるんだなあ、とちょっとだけ感心した。

オノドリムの口づけが十秒ほど続いたところで、光がゆっくりと収まっていった。

それが完全に収まった後。

「……えへへ」

オノドリムは口づけをやめた。

笑顔のままだが、なぜかちょっとだけ名残(なごり)惜しそうに見えた。

「はい、どうぞ」

「ありがとうオノドリム。すぐに試したいから、今度ちゃんとお礼をするね」

「うん！　いってらっしゃい！」

オノドリムは笑顔で手を振って、俺を送り出してくれた。

俺はオノドリムにマテリアルコーティングしてもらった新しい皮を持ったまま、水間ワープでサラのところに戻ってきた。

「あっ、マテオ！」

俺が戻ってきたのを見たサラはなぜかちょっと驚いているように見えた。

「ただいま――って、どうしたの？」

「あのねマテオ！　動いてたんだ」

「動いてた？」

「うん！　あれ」

サラはそう言って、真横にいる俺の皮――さっきおいてきた海神(わたつみ)コーティングの皮を指した。

「マテオがいなくなった後もちょっとの間だけ動いてたんだ」

「えっ⁉」

今度は俺が驚かされることとなった。

俺がいなくなった後も……？

それは、全く予想外の出来事だった。

154 半日はほしい

「動いてたって、どういうことなの？」

慌ててサラにその時のことを聞いた。

直前に起きた出来事だったからか、サラは淀(よど)みなく答えた。

「同じことをしてた、手の平をこう――、マリンスノーをキャッチし続けながら」

サラはそう言って、自分の手の平を上向きにして、今も降り続けているマリンスノーをキャッチし続けた。

「それって、キャッチができてたの？」

「うん、ちゃんと追っかけてキャッチできてた。すごかった！」

「そうなんだ……今はもう動いてないみたいだね」

そう言って、海草のように浮かんでいる皮に視線を向けた。

「うん、途中で急に糸が切れた人形みたいになっちゃって」

「そうなんだ」

俺は一度皮にエクリプスの力を通した。

すると皮は骨が通ったかのような感じで起き上がった。

すぐにエクリプスの力を切った、一瞬でまた動かなくなった。

「だめみたいだね」

「やっぱりマリンスノーのおかげかな」

「やってみようよ」

「うん」

頷（うなず）き、さらにエクリプスの力を通した。

動き出した皮を操作して、手の平でマリンスノーをキャッチした。

キャッチされたマリンスノーはさっきと同じようにボワッと光っている。

「とりあえず十粒。またやめるね」

「うん――あ、動いてる！」

「動いてるね」

「いまってやめてるよね――ああっ！　止まっちゃった」

サラのテンションは上がったり下がったりとめまぐるしく変化した。

が、気持ちは分かる。

それだけの変化が目の前で起きたからだ。

「十粒だとほんの一瞬しか持たなかったね」

「ということは量の問題かな？」

「それもやってみよう」

三度、皮をエクリプスの力で操作する。

今度は両手を使って次から次へとキャッチした。

「ごー、ろーく、しーち、はーち――」

俺の横でサラがキャッチしたマリンスノーの数を数えた。

雪のように、というのが今はすごく助かった。

雨くらいの速度で降る場合は数えるのが追い付かなかっただろうけど、しんしんと降りしきる雪――そんな感じだから、マリンスノーと名付けられたそれを数えるのは、間延びした数え方でも間に合った。

「九十九――百」

「ありがとうサラ」

お礼を言いつつ、皮の手を下ろした。

これ以上キャッチしないようにと手を下ろした。

「じゃあ、またやめるね」

「うん」

「分かりやすいようにその場で足踏みさせてみるね——せーの」

俺はかけ声とともにエクリプスの力を止めた。

やめる直前に足踏みをさせた。

力をやめても、皮はしばらく足踏みを続けた。

「動いてるね！」

「うん」

「十倍くらいだと、そろそろかな……あっ、止まった」

「止まったね。大体十倍くらいだね」

「キャッチしたマリンスノーの量がそのまま動ける長さだね」

「うん」

簡単なテストだけど、俺もサラも、マリンスノーの量は俺の力が途切れた後も動ける長さと比例していると確信した。

多少の誤差はあるだろう。もうちょっと詳しく検証した方が細かいところも分かりそうだけど、たぶん比例しているのは間違いない。

「あっ、そうだ」

「どうしたの？」

「こっちのことをすっかり忘れてた」

俺はそう言って、持って帰ってきたもう一枚の皮を掲(かか)げてみせた。

サラは一瞬ぽかーんとなったが。

「あっ、大地の精霊の」

「うん、僕もすっかり忘れてた」

そう言って苦笑いをした。

オノドリムの加護でどうなるのか？　も気になるところだったけど、俺が離れてもマリンスノーの力で動き続けることの方が衝撃的だったからそれで頭がいっぱいになった。

思い出したから、こっちも試してみた。

エクリプスの力を通して、同じように操作して手の平でマリンスノーをキャッチしてみる――が。

「吸収してないね」

「そうだね。こっちは――普通にするね」

海神(わたつみ)コーティングの皮を操作して、キャッチする。

オノドリムコーディングと違って、こっちは普通にマリンスノーを取り込めた。

いろいろ条件を変えてやってみた。

立ち位置とか、動き方とか、エクリプスの力を切った後に動かす順番とか。

色々と変えてやってみたけど。

「これもダメみたい。やっぱり海神様の血だからだよね！」

何度目かのテストの後、サラは目を輝かせながら、俺に結論を求めてきた。

目を輝かせているのはやっぱり、「海神様だから！」なんだろう。

人形として、海の民として。

海神だからすごいことができているのが嬉しいんだろう。

実際、色々やって俺もそうだとしか思えなかったから。

「うん、僕もそう思う」

そう答えた。

するとサラはさらに嬉しそうにした。

手を胸元のあたりでくんで、人間なら飛び跳ねているような感じで、海中を器用に泳いで回った。

「すごいすごいすごーい！　海神様すごい！　マテオすごい‼」

「僕も？」

「うん！　だってマテオじゃなかったらそれも分からなかったじゃない」

「あはは、ちょっと照れちゃうな」

「照れることないよ、本当にすごいんだから」

そう言われてしまうと余計に照れてしまうものだ。

俺はその照れを誤魔化（ごまか）すかのように、海神コーディングの皮でマリンスノーをキャッチしつつ、呟（つぶや）くように言った。

「後はどれくらい溜められるかだけど……半日くらい溜められるといいな」

「半日？　なんで半日なの？　一日の方がもっといいじゃない」

「もちろんそうだけど、半日分溜められるかどうかで一個、使い道があるから、半日はできれば――ううん」

言いかけて、首を振って、上を見あげた。

海底だから上は海面だが、そのさらに上。

ここからでは見えない、空にいる夜の太陽。

エクリプスのために、半日分は持ってほしいなと心の底から思った。

155 エクリプスのため

「ねえサラ、このマリンスノーってどれくらいでやむものなの？　そもそもやむの？」

「うーん、決まってはないけど、一回降り出したら何日かは続くよ」

「そうなんだ、じゃあしばらくは色々試せるね」

「うん、それは大丈夫だと思う！」

言い切ってくれたサラの言葉が心強かった。

マリンスノーは天気じゃないが、天気みたいなものだ。

天気の話はその土地――ここは海だけど――に住む人間の経験以上に当てになるものは中々ない。

サラがそこまで言い切るのなら大丈夫だと思った。

「じゃあしばらくはここで待機かな」

俺は皮をエクリプスの力で操作して、マリンスノーをキャッチし続けた。

力の貯蔵の話だ。

マリンスノーを取り込んだ分だけ、俺からの力の供給を絶っても動かし続けることができる。

こういう「何かを溜める」という話は、当然「どれくらい溜められるか」という話に繋がる。

そしてこの場合さらに、「どれくらい溜められるか」は「どれくらい動いていられるか」に直結する。

力を溜めるには降ってくるマリンスノーを地道に集めないといけないから、長期戦になると思った――が。

俺はあることを思い出した。

「……あっ」

「どうしたの？」

「えっとね、ずっとここにいると――」

「いたれす」

「わっ！」

聞き慣れた声、体が覚えている衝撃。

スイカほどの丸い体がいきなり現れて、俺の胸のあたりに飛び込んできた。

慌ててキャッチするも、いきなりのことで、そのまま尻餅をついてしまった。

「エクリプス⁉　どうしてここに？」

「ごしゅじんさまさがしたれす」

「ごめんね……って、もうそんな時間か」

俺は上を見あげた。

見あげる海面はいつも通り明るかったけど、それは女王の加護でそう見えているだけだ。

どうやらいつの間にか昼夜が逆転し、エクリプスがやって来る時間になっていた。

「ごめんね、探させちゃった？」

「ごしゅじんさま、ちからつかってたからすぐにみつかったれす」

「あっ、そうなんだ」

どうやら俺がエクリプスの力を使ってたから、エクリプスは俺の居場所が分かったようだ。

偶然だが、俺はちょっとほっとした。

「それよりもエクリプス、海底は大丈夫なの？」

「なにがれすか？」

俺の腕の中で、エクリプスが器用にグルッ、と体をほんのちょっぴり回転させた。

頭しかない体で、その頭でちょこんと小首を傾(かし)げた、そんなシュールな光景だった。

その反応をしたエクリプスは、海底にいる影響が皆無みたいだ。

「大丈夫なんだね」

「よくわからないけどらいじょうぶれす」

「そうだ。ねえサラ、エクリプスに何か海の力が及んでたりする？」

念の為にサラに聞いてみた。

サラはゆっくりと首を振った。

「ううん、何もかかってないよ。普通に大丈夫な感じ」

「そうなんだ」

サラが言うのならそうなんだろう。

まあ、そもそもが「夜の太陽」という存在だ。

正直なところ、エクリプスは「生きもの」という枠に入るのかどうかも分からない。

だから、エクリプス自身が「大丈夫」と言ったのには妙な納得感もあった。

そんなエクリプスは俺の腕の中でゴロゴロしている。

俺はエクリプスを撫でてやりながら、皮でのマリンスノーキャッチを続けた。

「……そうだ！　ねえエクリプス。僕の皮って今も持ってる？」

「もちろんれす」

「じゃあそれを使って、あそこにいる僕の皮と同じことをしてみてくれる？」

「はいれす」

エクリプスは応じて、俺の腕の中でぐるっと半回転した。

それまでは「顔の正面」――つぶらな目のある方を俺の体に押しつけてスリスリしてきたのが、半回転して顔の正面をマリンスノーキャッチしてる皮の方に向けた。

そしてどこからともなく、俺がエクリプスにあげた皮が出てきて、同じように動き出した。

エクリプスの操作で、俺の皮はマリンスノーをキャッチしだした。

「あっ、取り込んでる！」

その結果を見たサラが興奮気味の声をあげた。

エクリプスにあげた皮は海神（わたつみ）コーディングの皮だ。

それが同じようにマリンスノーを取り込んでいる。

「あれも海神の血を使ったものなんだ。だから、やっぱり重要なのは海神の血だったね」

「そうなんだ！」

いわば「海神スゲエ！」的な話だったから、サラは大いに興奮した。

「ごしゅじんさま？」

「あっ、しばらくこのままにしてて」

「わかったれす」

エクリプスはそう言って、またぐるりと半回転、顔を俺に押しつけるようにゴロゴロしてきた。

マリンスノーでできる、できてほしいと思うこと。

俺の力を切っても動ける時間が半日分あってほしいのはエクリプスのため。

エクリプスは一日の半分を空の上で過ごしている。

空の上にいる時はやはり寂しいらしい。でも一日の「お勤め」が終われば俺のところに戻ってこられるから我慢できているし、戻ってきた時に盛大に甘えられている。

空の上での寂しさは、皮ができた時に俺の皮を一枚もらっていったことからもよく分かる。

俺の皮をもらって、空の上で操縦しながら一緒にいるように感じたいのだろう。

だけど、それってやっぱり代替品だ。

一日のお勤めが終わると、俺のところに来て盛大に甘えているのが何よりの証拠だ。

マリンスノーの力を理解した瞬間、俺はエクリプスのことをすぐに思い出した。

マリンスノーで半日持つのなら、「俺が操縦したものをエクリプスが連れていける」という形にできるからだ。

それは実質的な意味はない、ただの気分の問題だ。

でも、たぶんだけど。

エクリプスも、同じ皮でも自分が操作するものより俺が操作したものの方が嬉しいだろう。

そう思って、俺は半日分は溜められるようにと祈りつつ、エクリプスとサラと一緒に、皮がマリンスノーをキャッチするのを見つめ続けた。

156 うっかりマテオ

「いってくるれす」

「うん、気をつけてね」

最後にもう一度頭（？）なでなでしてあげてから、手を振ってエクリプスを送り出した。

半日たって、夜の太陽であるエクリプスは再び本来の居場所、空へと戻っていった。

「さて……」

呟き、真横を見る。

ずっと側についててくれたサラはこくりこくりと船をこいでいる。

人魚で海中だから当然の光景だが、見た目は宙に浮かんだまま船をこいでいる姿はシュールな光景だった。

「サラ、ねえ起きてサラ」

「――はっ！」

肩をゆすってあげると、サラははっと目覚めた。

「ね、ねてないよ？」

「あはは、もう今日はお休みにして？　僕もそろそろ帰るから」

「え？　もう帰っちゃうの？　──ってあれ、あの子は？」

「エクリプスも帰ったよ。だから僕もひとまず帰ろうと思う」

「そうなんだ、でもあれはいいの？」

サラが視線を向けた先には、未だにマリンスノーをキャッチしている皮の姿があった。

俺はその皮を回収して、来た時みたいなコインの形にしてから、ポケットにしまった。

「このまま持って帰って、次のテストをしてみるよ」

「ここでしないの？」

「うん」

頷（うなず）いて、ちらっと上の方を見た。

「実際に使う時は海中じゃないからね。それと大体半日くらい溜めたから、それでどれくらい動いてくれるのかをまず確かめたいんだ」

「分かった、じゃあまたね」

「うん、また」

サラと手を振り合って、水間ワープで屋敷に戻ってきた。

屋敷の寝室に戻ってきた俺は、ポケットから皮コインを一枚取り出して、放り投げて人型に戻した。

エクリプスの力で足踏みをさせてから、すぐに力を解く。

皮は動いたままだ。

「……うん、一回コインに戻してもマリンスノーの力は溜まったままだね」

当面の目標はエクリプスの相手をさせることだから、コインに戻して影響があるかどうかは重要ではない。

だけどいつかは必要になる要素かもしれないから、それもチェックしてみた。

そのまま、マリンスノーの力で足踏みする俺の皮を見つめ続けた。

皮は淀(よど)みない動きで足踏みしたが、一時間たったところで動きが徐々に遅くなって、そのまま動かなくなって、しぼんで「皮」に戻った。

「一時間くらい、か……」

この結果は期待外れだった。

今一番の目的というか、やりたいことはエクリプスが空に戻った時に一緒についていってやることだ。

エクリプスは俺の皮を一枚もらって、空の上に連れていって、自分の力で動かした。

「らいすきなごしゅじんさま」といつも一緒にいたいがためだ。

そう考えれば、自分(エクリプス)の命令で動くのと、ごしゅじんさま(俺)の命令で動くのとでは、後者の方がエクリプスは喜ぶだろう。

そしてエクリプスは一度空に戻れば半日はそこにいる。

だから、半日は動き続けるような形が望ましい……のだが。

「半日溜めて一時間しか動けないのはだめだよね……」

俺は微苦笑し、皮をしまった。

こうなるとエクリプスに何も言わないでおいたのは正解だったように思う。

期待を持たせておいて実はダメでした、なんてのは残酷すぎるからな。

「マテオ！」

「うわっ！」

後ろからいきなり抱きつかれて、つんのめって前のめりに倒れそうになった。

慌てて踏みとどまって、肩越しに視線を向ける。

「オノドリム！」

「やっと戻った。海に行ってたの？」

「あ、ああ。そうだよ」

「やっぱり！　どこにいるのか分からなかったから海かなって思ったのよ」

「あはは、そうなんだね」

オノドリムらしい判断の仕方でちょっとだけ可笑しかった。

彼女はたぶん、この地上にある全てのものを把握することができる。

もし全てじゃなかったとしても、ピンポイントに探したいものを把握することは普通にできると思う。

今まで彼女と接してきた経験からそう思った。

いきなり現れて、後ろから抱きついてきた彼女は、興奮が少し落ち着いて俺の前にさっと移動してきた。

「ずっと海にいたんだよね」

「うん、ずっといたよ」

「今までで一番長くいたんじゃない？　何してたの？」

「あ、うん」

そういえばそうかも、と思った。

今までは何か用事で行ってもすぐに地上に戻ってきたけど、今回はマリンスノーの取り込みで「居続ける」必要があった。

意識はしてなかったけど、言われてみれば今までのより遙かに長く居続けたことになる。

「マリンスノーのことで、ちょっとね」

「マリンスノー？　何それ」

「あれ？　知らないの」

「うん」

オノドリムはあっけらかんとした顔で答えた、本当に全く知らないって顔だ。

それにちょっと驚いた。

「えっとね、大地から徐々に海に溶け込むというか、染みこんでいく魔力みたいなもののことなんだけど――知らない？」

「あ、それのこと。うん、知ってるよ」

「やっぱり知ってるよね」

サラの説明で、大地の精霊のオノドリムが知らないなんてことはないと思っていたから、彼女の返事にちょっとだけほっとした。

「うん！　もっちろん」

「じゃあ、マリンスノーって名前は知らなかったってこと？」

「うん。だってそれ名前ないもん」

「ないの？」

「うん。ああいうのって人間が付けるものだけど、人間ってたぶんそれのこと知らないし」

「そっか……大地の深いところにあるものだもんね」

なるほどと俺は納得した。

オノドリムは名前は人間が付けるもの、と言ったけど厳密には言葉を喋る生きものが付けるもの、の方がたぶん正しい。

　だから、大地から海に溶け込んでいくのを見られる海の生きものである人魚たちが、マリンスノーだって名付けたんだろう。

　それと違って地上に住む人間は見る機会がなく名付けることもないから、大地の精霊のオノドリムも知らないという理屈だ。

「オノドリムはそれに名前を付けなかったんだ」

「うん！　だってあたしが分かることはあたしが分かってればいいし、人間に話す必要のないことには名付ける必要ないしね」

「それもそうだね」

「そのマリンスノーで何してたの？」

「あ、うん」

　俺はオノドリムに一連のことを説明した。

　海に溶けていったマリンスノーを、海神（わたつみ）の血でマテリアルコーティングした皮で取り込んで溜めていたことを。

　それで海に居続けていたということまで説明した。

「へえ、そうなんだ」

「でもダメみたい。半日で一時間動かせる分しか溜めれないし、時間をかければもっと溜められるかもしれないけど、僕はずっと海に居続けるわけにいかないしね」

「……ふふん」

俺の説明を聞いていたオノドリムが、なぜか急に得意げな顔をした。

「どうしたのオノドリム」

「だって、ねえ」

「？」

「海の魔力が海神のアレで取り込めたって話でしょ」

「うん」

だから？　と、小首を傾げて聞き返す。

「あたしのマテリアルコーティングで、力を取り込める大地を探せばいいじゃん」

「……あ」

「ふふん、大地の精霊のあたしがいるんだから、もっと効率よく大量に取り込めるやり方ができるはずだよ」

オノドリムの言葉で光明が見えた。

同時に、俺は苦笑いした。

海神のマテリアルコーティングのところでオノドリムのことを思い出すべきだったと、自分の迂闊さに苦笑いしてしまうのだった。

157 何もないところ

「どうすればいいのかな？」

　まずはオノドリムに聞いてみた。

「そうね……その、海の中のあれ、なんだっけ？」

「マリンスノー？」

「それそれ。それをちょっと見せてくれる？　大地から流れていったっていうけど、海の中にあるものだし、どんな感じなのか一度見てみないとね」

「分かった、はいこれ」

　俺は水間ワープを使って、マリンスノーを取ってきた。

　すごく大雑把にやった。

　感覚としては漁師みたいに、「この辺に魚があるだろ？」くらいの感覚で、マリンスノーがあったあたりを「水間ワープの網」的な感じで掬ってきた。

　俺の手の平には、何粒かのマリンスノーが濡れた状態でのっていた。

それをオノドリムに向けて差し出す。

「これだよ」

「ふーん」

俺より背の高いオノドリムはわずかに身を屈めて、手の平にのっているマリンスノーを覗き込んできた。

しばしの間、それをまじまじと見つめた後。

「うん、分かった」

「これで分かったの？」

「分かるよ。……これを、効率的に集められる場所に行きたいってことだよね」

「うん」

俺ははっきりと頷いた。

脳裏に海底でやったことを思い浮かべた。

文字通り雪のように降り注ぐそれを一粒一粒キャッチするのは、風情はあったけどどう考えても非効率だった。

それで半日かかっても一時間程度の分にしかならなかった。

だからオノドリムの言うとおり、次の課題はいかに効率的に集められるのかということだった。

「そういうところって、あるの？」

「――ブイ！」

オノドリムはにやりと口角をゆがめ、Vサインとウインクを同時にしてきた。

☆

「ここって……」

俺は周りを見回した。

オノドリムに連れてこられたのは、街を出て馬で小一時間走ったところにある――何もないところだった。

何もない、というのは人間の感覚での「何もない」だ。

正確には、草原という程じゃないけれど疎らに草が生えていて、ちょっと離れたところに林があって、反対側に人間が舗設した街道がある。

もっと分かりやすく言えば、観光するようなものが何もない野外、だった。

俺は、真横のオノドリムの方を向いた。

「ここなの？」

「うん！」

オノドリムはニコニコ顔で、はっきりと頷いた。

「あのね、大地の力の流れってこれといっしょなんだ」

そう話しだしたオノドリムは、どこからか一枚の葉っぱを持ってきた。

その葉っぱの裏側を俺に見せるように翳(かざ)した。

「これ？」

「この筋みたいなやつ」

「葉脈(ようみゃく)ってこと？」

「人間はそう呼んでるんだ」

「川とは違うの？」

葉っぱの裏——葉脈は昔から知っているものだ。

葉っぱなんてそこら辺にあるもので、それを見て川の流れと一緒だな、と転生前から思っていた。

だから聞いてみたんだけど、オノドリムは人差し指を立ててそれを揺らした。

「ちっちっち、残念、逆だよ」

「逆？」

「うん、川だと細いのが集まって太い一本になるじゃん？」

「うん」

「こっちは地中から噴き出したものが周りに流れてって、どんどん細くなっていく感じ。だから逆」

「そうなんだ」

俺はなるほどと頷いた。

理屈は分かった。

とはいえ、川と同じでもその逆でも、「ここが一番濃いところ」であるのは変わりないだろうなと思っている。

「ここだと効率的に取り込めるんだ」

「うん！　もっと性格にいえばここ」

オノドリムはすい、と避けて、地面の一点を指した。

そこは本当に何もない、変哲のないただの地面だった。

「ここなの？」

「そう、ここ」

「ここって……オノドリムじゃないと分からなかったね」

「ふふん、でしょ！」

オノドリムはどや顔で言った。

胸を張って大いばりする姿は可愛かった。

その一方で、感謝した。

「ありがとうオノドリム、本当に」

「ふぇ？」

俺がまっすぐ見つめ、かなり本気でお礼を言うと、それまで大いばりしていたオノドリムが虚を衝かれたかのように、大いに驚いてしまう。

「オノドリムがいてくれて本当に良かった。本当にありがとう」

「ええ、そ、そうなの？　それは、えへへ……」

オノドリムは照れながら、すごく嬉しそうにした。

本当にオノドリムがいて良かったと思っての感謝の言葉だったから、それで喜んでもらえるのはこっちも嬉しくなる。

「さて……じゃあやってみようかな」

「うん、やってみて！」

「ここに……立ってればいいのかな」

俺はそう言い、小首を傾げた。

マリンスノーの時は手の平でキャッチしていたけど、この場所の見た目は本当になんの変哲もないから、どうすればいいのか見当もつかなかった。

「それはあたしもやったことないから分からないけど……まずはやってみよ？」

「そうだね」

そりゃそうだ、と俺は思った。

まずはやってみよう、それで上手くいけばいいし、ダメでもオノドリムがいるんだから何かしらの変化を感じ取ってやり方の調整ができるだろう。

俺はポケットから皮コインを取り出した。

オノドリムコーディングの皮だ。

それにエクリプスの力を通して、人型に戻して、オノドリムが指定したポイントにまずは立たせてみた。

ただ、立たせせた。

その瞬間――。

「わっ！　すごい」

「……すごいのはオノドリムだよ」

俺は本気でそう言った。

オノドリムが指定してくれたポイントに立った皮は、マリンスノーの時とは比べものにならないほど、まばゆく光り輝きだしていた。

158　夜でも育つもの

俺の皮が光を取り込むのを、オノドリムと一緒に待った。

とりあえずマリンスノーの時と似たような感じで、まずは一時間待とうと思った。

――が、その必要はなかった。

皮が光り出してわずか五分くらいで、光が急速に消えていった。

眩しい光はそれだけで膨張しているように見えるから、急速に消えていった光はまるでしぼんでいったかのような感じになった。

「あれ？　消えちゃったけどどうしたんだろ」

「……ちょっと試してみるね」

「あ、うん」

オノドリムに一言断ってから、マリンスノーの時と同じようにテストしてみることにした。

皮にその場で足踏みするように命令してから――。

「いくね」

うか。

「うん！」

手をあげてから、さっと下ろした。

エクリプスの力はそんなことをする必要は全くないんだけど、一応というか、形式的にとい
そのジェスチャーをして、エクリプスの力を止めた。

力を止めても、俺の皮は足踏みしたままだ。

「やったねマテオ！」

ジェスチャーで力を止めたことを理解したオノドリムは、目の前で足踏みを続ける皮にやや
興奮した。

「うん。ありがとうオノドリム、オノドリムのおかげだ」

「えー、あたしは何もしてないよぉー」

オノドリムはそう言いながらも、デレデレでまんざらでもなさそうな顔をした。

「後はこれがどれくらい続くかだね」

「海では失敗したんだよね」

「失敗っていうか」

あれを「失敗」というのもなんか違うな、と俺は思った。

エクリプスの力と皮人形の新たな使い方を示してくれたという一点だけでも、決して失敗で

はないと思う。

ただ、エクリプスの相手をするにはちょっと向いてなかっただけだ。

そんなことを考えながら、オノドリムに答える。

「大体だけど、マリンスノーを取り込むのに使った時間の、十分の一くらいが動ける時間かな」

「じゃ——もう越えてるね」

「そうだね」

そこはオノドリムの言うとおりだった。

マリンスノーの時は約十分の一。

それに比べて、今はもうすぐ五分たつから十分の一を越える。

念の為に少し待った。

黙ったまま、皮が足踏みをするのを待った。

待って待って、待ち続けた。

そして——約五分が過ぎた。

「完全に上回ってるね」

「うん！」

「じゃあもう少し待って、どれくらい続くのかを見てみたいね」

「うん！　見よう！」

俺とオノドリムはその場で、皮の力が切れるのを待つのだった。

☆

だった――が。

屋敷の中、自室のソファーの上。

座っている俺と、真横にいるオノドリム。

俺たちはテーブルの上に置かれた皮コインを見つめていた。

「力、切れなかったね！」

「うん。びっくりしたよ。でも、本当にありがとうオノドリム。これでエクリプスに渡すことができるよ」

「えへへ、どういたしまして！」

オノドリムは嬉しそうに笑った。

あの後、皮の足踏みが止まるのを見守った。が、五分十分たっても、三十分一時間たっても、数時間がたってしまっても、皮は止まることなく足踏みを続けていた。

それは結局半日近くたってしまっても続いたものだから、これ以上のテストは必要ないと、俺は改めて皮に力を取り込ませてから、オノドリムと一緒に屋敷に戻ってきたわけだ。

「後はこれを――」

「ごしゅじんさま！」

「うわっ！」

噂をすればなんとやら――と、言わんばかりのタイミングでエクリプスが現れた。

大きめのスイカくらいの体が、どこからともなく現れて、俺の胸に飛び込んできた。

ソファーに座っていたから、背もたれにちょっと押しつけられるような形でエクリプスを抱き留めた。

「たらいまれすごしゅじんさま」

「お帰りエクリプス。今日は寂しくなかった？」

「ごしゅじんさまのぶんしんといっしょらったから、さみしくなかったれす」

「そっか」

寂しくなかった、そう聞いた俺は微笑んで、エクリプスを撫でてあげた。

「そうだ、エクリプスに渡すものがあったんだ」

「何れすか？」

「これ」

そう言って、オノドリムコーディングかつ大地の力を満タンに取り込んだ皮コインを、エクリプスに差しだした。

「ごしゅじんさまのぶんしんなのれす？」

「そう」

「もうあるかららいじょうぶれす」

「これは新しい――いや、改良版だよ」

「かいりょうばんなのれす？」

「うん。ちょっと見てて」

俺はそう言い、コインを古典的な仕草で、親指でピンと弾いた。

一度空中でグルグルしてから、急激に膨らんで人の形に戻った。

「これからはこっちを連れてって」

「ろうしてれすか？」

「こっちなら連れてっても、エクリプスじゃなくて僕の命令で動くから」

「ごしゅじんさまの……」

「僕が動かしてた方がエクリプスも嬉しいかもって思ったけど……どうかな――」

「うれしいれす！」

最後まで言うよりも早く、新しい皮の意図を正しく理解できたエクリプスは、帰ってきた時よりもさらに激しい勢いで俺にじゃれついてきたのだった。

☆

翌日の昼下がり。

俺はリビングで読書しながら、エヴァとオフィーリアの相手をした。

すっかりその感じが気に入ったのか、エヴァはちびドラゴンの姿で、背中にオフィーリアを乗せて部屋の中を駆け回っている。

レッドドラゴンとブルーゴブリンというよりは、幼い子供と犬の組み合わせみたいで見ていてほっこりした。

そんな姿を眺めつつ、ここしばらく読めずに溜まっていた本を読んでいた。

一冊読み終えて、さて次の本を――と思ったその瞬間。

「代わりをお持ちしました」

エクリプスとは違った感じの、まさに神出鬼没(しんしゅつきぼつ)と言わんばかりの現れ方をしたノワール。

彼は新しい本を何冊か持って、俺の目の前で広げた。

「ありがとう。って……全部僕が次に読もうと思ってたものとか、読もうかって悩んでたご本だね。よくそれが分かったね」

「執事の嗜(たしな)みでございます」

「執事ってすごいんだ」

「光栄でございます」

俺は読み終えた本をノワールに手渡して、いくつかの候補の中から、気分で読むものを決めてそれをもらった。

エクリプスの一件が落着して、久しぶりにのんびりした昼下がり。

――だったのだが。

「マテオ‼」

パン！　とドアを壁に叩きつける勢いで、今度はイシュタルが現れた。

「あっ、陛下」

エクリプスやノワールに比べて、同じ「いきなり現れた」ものだが、イシュタルのそれはとても人間らしくて、むしろ落ち着く感じがする現れ方だった。

が、落ち着いているのは俺だけだった。

皇帝の姿をしたイシュタルは血相を変えてズンズンと俺に近づいてきた。

「どうしたの？　陛下」

「マテオ、マテオはまた何かを成し遂げたのか？」

「え？　成し遂げた？　何もしてないよ」

俺は首をかしげた。

何かをしたのか？　と聞かれれば心あたりがなくもないが、「成し遂げた」と言われるほどのことはしていない。

「何かあったの？」

「何かあったの――どころの騒ぎではない！」

「え？」

「各地から報告が上がってきた。作物が――植物が」

「植物が？」

どうしたんだろう？　と不思議がった次の瞬間。

「夜でも育っているという報告が各地から上がってきたのだ！」

イシュタルの言葉に、俺はめちゃくちゃ驚いてしまうのだった。

159 二倍と三倍

夜、屋敷の庭園の中。

俺はイシュタルと二人で花壇の前に立っていた。

月明かり頼りだけど、それだけでも分かるくらい、花壇の花たちはこれでもかってくらい咲き誇っていた。

「夜なのにすごく咲いてる。こんなの今までなかった……」

「やはりそうなのだな？　余は今まで夜間の植物をほとんど気に留めていなかったから、報告を受けてそうだとしか知らぬのだが……」

「うん、すごいよ。普通こんな風に咲いてない」

俺はそう言い、花の一輪をたぐり寄せた。

何かの間違いかもしれなくて、それに脆くなってるかもしれないから、できるだけ優しくするように心がけながら、その花をたぐり寄せた。

「普通は、咲いていた花は夜になると閉じることが多いんだ」

「葉っぱだけの作物でも、昼間は日差しを受けるために葉っぱがピンと太陽の方を向くけど、夜になると垂れちゃうことが多いんだ」

「ふむ」

「植物も夜は眠るのだな？」

「うん、僕もそういう感覚だよ」

イシュタルの言葉に頷(うなず)き、同調した。

このことに関しては転生してから得た知識じゃなくて、転生前の村人として、日々の生活の中で自然と身についた知識だ。

俺の中でも古い知識なだけに、それが今覆(くつがえ)されていることの衝撃がかなり大きかった。

「このことについてイシュタルのところに報告がきたの？」

「そうだ」

イシュタルは皇帝の顔で、深く頷いた。

「昼夜のバランスが崩れた直後だったのでな、それに関わる事象に各地の領主が過敏になっているのだ」

「あっ、そっか」

「だから余も真っ先にマテオのところに来たのだ」

「うん」

イシュタルの説明に納得した。

夜の太陽、エクリプスが原因になった「夜がこなくなった」一件は未だ記憶に新しい。

あれこれやってなるべく大衆には気づかれないようにして、パニックになるのを抑えることに成功したけど、事が事だけにやはり領主クラスの人間は知っている者も多い。

そこでまた似たようなことが起きれば当然、皇帝であるイシュタルにも報告がいき、イシュタルは俺に話を聞きにくる――というわけだ。

「マテオが何かしたのか？」

「ううん、僕は何もしてないよ」

「じゃあ夜の太陽――エクリプスの仕業(しわざ)か？」

「それも聞いてみたんだ、空の上に戻ってる時に何かしてるのか？　って。でもエクリプスは『ごしゅじんさまとあそんれいるらけ』って言ってるんだ」

「マテオと？」

「うん、えっと――」

俺は皮の自動操作のことをイシュタルに説明した。

エクリプスが動かすんじゃなく、俺が動かした皮をエクリプスに持っていかせるようにした、そうなるまでのことを一通り説明した。

最後まで黙って聞いたイシュタルは。

「直接な関係はないだろうが、無関係だとも思えないな」

「うん、僕もそう思う。もともと『夜がなくなった』のはエクリプスが寂しいって感じたからで、その皮を持たせたことで、話を聞く限り寂しさから完全に脱却できているみたいだから」

「つまりこれもマテオの功績なのだな」

「え？　いや功績っていわれる――」

「さすがだぞマテオ！　このことは満天下に知らしめねばならん」

「ええっ⁉　ちょ、ちょっと待って！」

「止めるなマテオ。作物が昼夜問わず生長するのなら収穫量が二倍に跳ね上がる。この歴史的な偉業を埋もれさせるわけにはいかん！」

力説するイシュタルは「いつもの」モードに入った。

ほとんどの場合が爺さんと張り合っているが、たまにこうして単独でなることもある。

暴走気味に俺を溺愛するモードだ。

この状態に入ってしまうともはや止められない。

「安心するがいい、マテオ。事が事だ、余は軽挙妄動を慎むつもりだ」

「よかった、じゃあ僕のことは――」

「まずは事実確認だ。確実に作物が昼夜問わず育つのかを確認してから大々的に喧伝するつもりだ」

「あ、うん」

イシュタルの言葉に俺は苦笑いするしかなかった。

軽はずみなことはしないと言ったけど、やらないとは言っていない。

むしろちゃんと確認を取って、確認が取れれば大々的にやる。

なんだろう……慎重にやるっていった分、溺愛度がより上がったと感じるのは気のせいだろうか。

「待っていろマテオ、すぐに帝国全土に確かめさせるぞ！」

イシュタルは興奮気味に言い、意気揚々と立ち去ってしまった。

あまり俺の功績だって広められるのは困るけど、イシュタルが興奮するのは分かる。

むしろ村人だった俺の方が、実はこっそりと興奮しているのかもしれない。

「本当に収穫量が二倍になるのなら――」

村人たちの生活が、今よりもっと良くなるはずだと、俺はひっそりと興奮していた。

☆

翌朝、朝食をとり終えたくらいのタイミングで、メイドのローラが来客を告げてきた。

「ダガー先生？」

「はい、そのように名乗っておりますが……お会いになられますか？」

「ダガー先生がなんのご用なんだろ……とにかく通して」

そう言うと、ローラは一礼して部屋から出ていった。

俺は不思議がった。

イシュタルの一件で知り合ったダガー先生、俺がその時にもったイメージだと俺を訪ねてくるような人じゃないはずだ。

何かあったのかな？　と思っていると、部屋の中にも響くほどの足音の後、ダガー先生が部屋に入ってきた。

「お久しぶりです、ダガー先生。何かあったんですか――」

「あの話は本当なのか？」

ダガー先生は前置きとか挨拶とか世間話とか、そういったものを一切合切すっ飛ばして本題に入った。

すっ飛ばしすぎたせいで、本題がなんなのか俺には全く分からなかった。

「待って待って、どうしたのダガー先生。なんの話なの？」

「とぼけないで。夜でも植物が継続的に生育するという話だ」

「えっと、それをどこから？」

即答を避け、まずはダガー先生の表情を窺い見た。

昨日のイシュタルの話だと、今はまだ領主クラスかそれに近しい人間だけしか知らない、気づいていないはずだ。

ダガー先生は医者、しかも権力者に一切おもねることがないタイプの、一匹狼的な医者。

彼女がこのことを知っているのはなんでだろうと不思議に思った。

「答えろ、本当なのか？」

「えっと……それは」

「本当なんだな？　だったら頼みがある」

「えっと、ちょっとまって。まだ本当かどうか――」

「貴重な薬剤になる植物がある。夜間でも継続して生育するのなら二倍――いや三倍以上の速さで育つんだ」

「え？　三倍!?」

それはどういう理屈なんだ？　と。

ダガー先生の剣幕以上に、俺はその話に引き込まれたのだった。

160 貴族のくせにすごい

「例えばベルムラという植物がある。この植物から取れる実を使って作る睡眠薬が実に優秀でね」

「す、睡眠薬？」

俺はきょとんとなった。

自分が気を失ったのではないか、と思うくらい、何か聞き逃したかのようにダガー先生がさっきとは全く違う話をしだしていた。

「そう、睡眠薬。ベルムラでつくった睡眠薬が実に入眠に良くてね。君はきっと、入眠なら酒でもいいのではないかと聞きたいのだろう？」

「え？　ううん、その、僕まだ子供だから」

「酒精ではいけないのだよ。全くの論外だ」

ダガー先生は俺の言葉をまるで聞いていない様子だった。

マテオはまだ子供、だから酒のことなんて分からないという、俺の当たり前の返事をダガー先生は全く聞いていなくて、持論を展開し続けていた。

「睡眠というのはいくつもの段階があるのだよ。便宜上深い睡眠と浅い睡眠に分けているが、身も心も休まるのはこの深い睡眠の方だよ」

「あ、うん。それはきっとそうだよね」

分からないけどとりあえず相槌を打つことにした。

ダガー先生と初めて会った時のことを思い出す。

彼女は睡眠について、医者と健康の観点から研究をしているらしくて、この話はたぶん彼女の研究の成果なんだろうと察した。

「たしかに酒精には入眠を促す効果がある。しかし心拍数や体温などを記録して比べてみた結果、酒で眠った時は浅い睡眠止まりで深い睡眠には全く到達しないことが分かったのだよ」

「そうなんだ。結構ぐっすりにみえるんだけど」

「それが勘違いの原因だな。もっと言えば酒を飲めば大なり小なり次の日の体調が悪くなる、それは分かっているのだろう?」

「えっと……そう、かな?」

マテオとしてはとりあえず曖昧に濁したが、村人としての記憶がダガー先生の問いかけに同意していた。

二日酔いはもちろん、二日酔いにならない程度の酒でも、飲んだ次の日はそこそこ体がだるいものだ。

「体調の不良は目覚めた瞬間に始まるものか？　違う！　当然だが眠っている間に徐々に悪くなっていってるものだ」

「……それはそうだね」

「つまり、酒を飲んでからの睡眠はわざわざ不調にしてからの睡眠だから、体に悪いことこの上ないのだよ」

「あっ……」

その説明はなんとなく納得できた。

いや、今までに考えもしなかったことで、目から鱗が落ちる思いだ。

「それに比べてベルムラの実で作った薬は実に優秀だ。なんといっても睡眠の深さを一切変えない。代わりに全ての段階を均等に延ばすだけ」

「それって……」

「分かりやすくいえば途中覚醒も二度寝もなく睡眠の時間だけを延ばせるということだ」

「それはすばらしいね」

特に二度寝についてはそう思った。

二度寝ってのは一回目覚めてそれでも足りないからまた寝てしまうというものだけど、それって結構な確率で変に頭が痛くなる。

それがなくて最初から体が必要な分を寝続けることができれば最高だなと思った。

しかし──。

「ねえねえダガー先生、そのベルムラの実と今回のことでどんな関係があるの？」

「ベルムラは一年草(いちねんそう)でね、春先に種をまいて、夏になると実をつけ始めるのだが、上手(うま)く育てれば一夏中に毎日でも収穫することができる」

「そういうタイプなんだ」

俺はなるほどと思った。

ベルムラという植物自体は知らないけど、そういう育ち方の作物はいくつも知っている。

果樹のほとんどがそういうものだ。

「このベルムラは二段階の助走を必要とする植物だ」

「助走？」

「そう、春から夏への、種から成熟しきるまでの生長という助走。そして、毎晩ごと咲いた花がしぼんで休んで、翌朝また生長し始めるまでの助走」

「なるほど」

「一回限りで収穫しきってしまう、そうだな、葉ものとかでは大した恩恵はないが、助走をつけて連続して収穫ができる植物だと助走をいちいち繰り返さなくていいから、収穫量はどう軽く見積もっても二倍以上になる」

「そっか……なるほど……」

ダガー先生の言うことに納得した。

村人としての記憶がある分、その話はすんなりと納得できた。

「で、実際はどうなのだ？」

「え？」

「本当に昼夜問わず生育ができるようにしたのか？　君が」

「えっと……それはどうだろう。そもそも昼夜問わずなのかもまだ分かってないんだ」

俺はそう答えるしかなかった。

もし本当だったら原因はエクリプスだろう、という推測はつけられているのだが、当のエクリプスもよく分かってないみたいだ。

今のところ、状況的にそうかもしれない、としか言えない。

――が。

「どうした、私の顔をじっと見て」

「ダガー先生と出会った時のことを思い出してたんだ」

「私と？」

「うん！　ダガー先生みたいに、僕も実験してはっきりさせようかなって」

「それはいい心構えだ。貴族の子供のくせにすごい子だ」

俺は微苦笑した。

貴族のくせに、というのにどういう返事すれば一番いいのか、すぐに判断はつかなかった。

「ならば早速やろう、私に手伝えることはないか？」

「大丈夫。先生の意見はすごく参考になると思うから、実験を一緒に見ててくれる？」

「いいだろう」

ダガー先生は、やって来た時の剣幕と違って、「貴族なのにすごい」という感じで、前向きに俺の提案に乗ってきた。

161 君は賢い

俺はダガー先生を連れて、屋敷の庭にある池にやって来た。

「よかった、こっちの池は何もなくて」

「何もない？」

ダガー先生は不思議そうに俺を見た。

「池は何もないものなのだろう？」

「ううん、違うよ。貴族の庭園って、大きく分けて二パターンあるんだ」

「二パターン？」

「一つは真ん中に島があるような池。そういう時って島に四阿(あずまや)を建てて、お客さんをもてなしたり、密談したりするために使われるんだ」

「そうなのか。……なるほど、池の中央にある島なら聞き耳を立てられることもないのか」

「うん！　それでもうひとつはこれみたいに、何もないただの池の場合。その場合もお魚を飼っていることがあるんだけど、この池にはお魚もいなくて丁度(ちょうど)いいなって」

「ということは水草の類(たぐい)なのか？」

「あたり、さすがダガー先生だ」

ダガー先生の連想の早さを称賛した。

村人の時から普通に思ってたことだけど、やっぱり医者ってのは頭のいい人がなってるんだなと思った。

「お魚がいるとこれから増やす水草を食べられちゃうからね」

「そうだな」

「じゃあちょっと取ってくるから、少しここで待っててくれる？」

「分かった」

ダガー先生をその場に待たせて、俺は目の前の池を使って水間ワープでいろんなところに飛んだ。

水間ワープは行ったことのあるところ、かつ水のあるところに飛ぶ魔法だ。

俺は水間ワープで、行ったことのあるいろんなところの池を探して回った。

水間ワープの迅速(じんそく)さもあって、考えなしに当てずっぽうで回っても良かった。

それで四カ所目の、ちょっと山の中にある池で「それ」のまとまったのを見つけたから、それをもって屋敷の庭に戻った。

「ただいま、ダガー先生」

「早かったな。それはどういうものなんだ?」

「えっとね、正式名称は分からないけど、僕の——じゃなくて、とある地方では浮き草って呼ばれているんだ」

「浮き草、か」

「こんな感じにね」

俺は抱えるように持ってきた浮き草を池に放り込んだ。

全く無造作に、適当に放り込んだ。

放り込んだ浮き草で水面は一時波が立って大きく揺れたが、小さい池の中で起きたことだからそれはすぐに収まった。

収まった後、浮き草は綺麗に水面の上に浮かんでいた。

その独特な形で、自然と根っこは水中に、葉っぱの部分は水の上に出ていた。

「まるで釣りに使われるウキみたいだ」

「うん、そういう使われ方もあるよ。農家の子供とかは、これとミミズを採って池で釣りをするのが、農閑期の大事な仕事だよ」

「そうか」

ダガー先生は納得しつつ、俺に視線を向けてきた。

その視線は「で?」と聞いてきていた。

「この浮き草ってね、ものすごーく、増えるのが早いんだ」

「へえ？」

「今って、池の大体半分くらいだよね」

「そうだな」

「大体丸二日で、池を全部覆うくらいに増えるんだ」

「二日で倍か、それは中々に早いな」

「うん！　実はこれって……結構悲劇もあったりするんだ」

「ほう？　どんな悲劇だ？」

「ものすごく早く増えるから、水害とか、嵐とかで作物が流れて食べものがなくなった後だと、これが大量に増えちゃって、他に食べものがないからこれを食べる人もいるんだけど……」

「腹を下して死ぬんだな」

　ダガー先生の反応は当然のものだった。

　大きな災害の後って、餓死するよりも先に、食べものがなくなって、代わりに普段食べないものを食べて、それで当たって死ぬことの方が多い。

　その一番のパターンが腹下しだ。

　だが、これはそうじゃない。

「違うよ、この浮き草って食べても腹を下さないいんだ。毒もない」

「ほう？　じゃあなんだ？」

「なぜか分からないけど、食べれば食べるほど急に痩せていくんだ」

「食べるほど痩せる食物か。それはそれで毒だな」

「そうかもね」

俺は苦笑いした。

貴族は違うけど、村人だと食べることは生きるためにすることだ。

何かを食べて、生きるため、動くためのエネルギーにする。

食べ過ぎると太って脂肪を蓄えるし、食べずにいたら脂肪を消費していってどんどん痩せる。

村人だと太れる人間はいないけど、身近にいる野生動物が越冬のために脂肪を蓄えるのを見てて、それを程よいところで狩っているから、その辺りのことはみんな分かっている。

だから食べれば食べるほど痩せる浮き草は普段食べないし。

「畑を食い荒らす鹿でも食べないことから、鹿跨ぎって呼ばれることもあるんだ」

「なるほど。それはともかく、二日で倍増えるということは、とりあえずは一昼夜待つということだな？」

「うん！　そういうこと」

ここでもやっぱり、ダガー先生の理解は早かった。

「ごめんね、ダガー先生」

「なんだ？　藪から棒に」

「たぶんもう少し早められると思うけど、まずは何もしないで現状を確認したいんだ。だから、ダガー先生は忙しいと思うけど、まずは一日待って――」

「なんだ、そんなことか」

ダガー先生は俺の言葉を最後まで待たずに、彼女らしいシニカルな笑みを浮かべた。

「それが正しいやり方だ。君は、賢いな」

不快になると思ったけどそうはならずに、逆にダガー先生に褒められてしまったのだった。

162 簡単に分かること

「何かをテストする時にあれもこれも要素を足すのは愚か者のやることだ。知りたいことを絞(しぼ)る、結果の変動はそれとだけ繋(つな)がるようにする。君は貴族のくせに中々賢いな」

さらにダガー先生に褒められて、ますます照れてしまった。

「貴族などやめて医者にならないか？」

「えっと……ごめんなさい」

「そうか。気が変わったらいつでも言ってくれ」

「分かった、ありがとう」

いきなりのことだったから誘いに乗るわけにはいかなかったけど、ダガー先生に認められたこと自体は普通に嬉しかった。

俺はお礼を言った後、浮き草の結果を待つため、ダガー先生に一日泊まっていくように誘って、ダガー先生はそれを受け入れた。

☆

次の日。

丸一日たった後、俺は再びダガー先生と庭の池にやって来た。

屋敷から池まで、連れ立ってやって来た俺とダガー先生の目の前に現れたのは——池びっしりに増えた浮き草だった。

「しっかり増えたよ、ダガー先生！」

「うむ」

ダガー先生は池の畔に近づき、しゃがんで、浮き草を一つ手に取った。

昨日彼女が喩えたように、釣りに使うウキのような浮き草は、池の水が見えないくらいびっしりに増えていても、簡単に水中から一株だけ取り上げれる作りだった。

ダガー先生はその浮き草をしばらくじっと見つめてから、立ち上がって俺の方を向いた。

「これで倍、ということで間違いないね」

「うん！　間違いないよ。二倍の早さはさすがに間違えようがないもの」

「たしかにそうだ」

ダガー先生は頷き、納得した。

そして浮き草をそのまま池の中に無造作に放り投げた。

「もしも、本当に昼夜で生長し続けるのなら……」

「え？　浮き草で確認したじゃない？」

「そうだが、厳密に言って確認できたのは一日の生育速度が二倍になることだ。昼間に二倍生長して夜は今まで通り――でもこの結果は成り立つのだよ」

「それなら大丈夫だよ、ダガー先生」

「うむ？　どういうことだ？」

ダガー先生は訝しむ表情で俺を見た。

「念の為にメイドさんに夜も時々確認しに来てって頼んでたんだ」

「へえ？　つまり夜でも生長していたのが確認取れている、と？」

「うん！　そうだよ」

「そうか、やるな君は」

「ありがとう」

「ならば……つぎはあれを確認してみたいな」

「あれって？」

首をかしげ、ダガー先生に聞く。

「マンドラゴラだよ」

「マンドラゴラって……あの、人の形をした植物のこと?」

「その認識で合っている」

ダガー先生はそう言ってから、にやり、と珍しく――いや初めて見るかもしれない、いたずらっぽい笑みを向けてきた。

「マンドラゴラについて、君はどこまで知っている?」

「えっと……人間の形をした植物で、遠目には二股に分かれた大根みたいな感じの見た目。土から抜いた瞬間にものすごい悲鳴をあげて、その悲鳴は気が弱い人間だと聞いたショックで死んでしまう。そして悲鳴で相手がすくんでいる内に逃げてしまう」

「へえ、よく知っているじゃないか」

「あっ、それと、確か乙女の生き血をかけると動けなくなっちゃう、だよね」

「それも知っているのか。君はすごいな、その歳で中々の博識っぷりだ」

「えへへ……」

ダガー先生に褒められて、子供らしく嬉しがった。

俺も人並みに褒められるのは嬉しいけど、褒められる理由の中でも「博識」はかなり上位になる嬉しさだ。

博識――つまり知識が多いということ。

それは転生して、爺さんに拾われてから、大量に本を読んだからだ。

知識は財産であり武器である。

転生した後に頑張って身についたそれを褒められることはかなり嬉しかった。

「そんな君にもっと基本的なことを聞こう」

「何?」

「マンドラゴラは植物、そうだな?」

「うん、そうみたいだね」

「ならばマンドラゴラの種は? そして生育方法は? 花を咲かすのか果実をつけるのか?」

「……あれ?」

「植物ならばこれらのことにも何かがあるはずだが、さあどうだ?」

「えっと……」

俺は頭をひねった。

爺さんとイシュタルが競い合って、大量に送ってくれた本で得た知識からダガー先生が聞いたことを探そうとした。

が、見つからなかった。

超希少な、特殊な植物であるマンドラゴラ。

人型で抜けば悲鳴をあげて逃げる——のは、複数の本に書かれていて、ある意味では常識っぽい感じの知識だったけど、言われてみればそれ以外の植物らしい情報はどこにもなかった。

「ごめんなさい……なんか知らないみたい」

「ふっ、そんなに落ち込まなくてもいい」

「え？」

「少し意地悪だった。種のことは今でも解明されていないことだ」

「そうなの？」

「そういう動植物もたまにある」

「うなぎみたいな感じ？」

「うなぎがどうなのかは知らないが、そういうことだ」

頷くダガー先生。

そして俺はなるほどと思った。

「忘れてくれ、ただの意地悪だ。種は分からないが、生長の仕方は最近解明されたばかりだ。君がやってくれた昼夜の――」

「植物のことだったらすぐに分かると思うよ？」

「――何⁉」

マンドラゴラの何かを言いかけたダガー先生は、俺の言葉に思いっきり驚いて、目をカッと見開いた。

「どういうことだ？　マンドラゴラの種のことならすぐに分かるというのは？　あれは長い間、

未だにずっと謎のままなのだよ？」

「そうなんだけど……でも、植物なんだよね」

「ああ、そうだ」

「植物で、土地から生えてくるものだったら――」

☆

「もちろん分かるよ」

オノドリムはあっけらかんと答えて、ダガー先生はポカーンとしたのだった。

163 マンドラゴラの正体

屋敷のリビングで向き合う俺とオノドリム、そしてダガー先生。

オノドリムはとても彼女らしい、快活で嫌みのないどや顔をしていた。

「それは本当なのか？」

「もちろん、大地のことであたしに知らないことなんてないんだから」

「さすがだねオノドリム、大地の精霊は伊達じゃないね」

「えー……えへへ、マテオもそう思う？」

そう思うも何も、大地の精霊がすごい存在なのはその通りだし、彼女自身もそう言ってダガー先生にどや顔を向けている。

なのになぜか俺に同じことを言われたら急に照れだしてしまった。分からん。

「うん！　オノドリムのこと本当にすごいって思う！　いつもすっごく助かってる」

「そうなんだ……えへへ、よかった」

「そんなことよりもマンドラゴラのことを詳しく教えてくれ」

「えー、今いいところなのにぃ」

オノドリムは可愛らしく頬を膨らませた。

このあたりも彼女の魅力の一つなんだなと思った。

彼女と知り合う前なら、「大地の精霊」と聞いてもっと威厳のある存在だと思ったことだろう。

けど現実の彼女は感情がハキハキしている可愛らしい女の子で、威厳とは程遠い存在だった。

それも可愛いと思っていたが、拗ねるオノドリムにダガー先生のイライラが加速しそうだったから、俺が取りなすことにした。

「ごめんねオノドリム、でも教えてくれると嬉しいな」

「うん！　マテオにならなんでも教えちゃう！」

がらりと態度を変えたオノドリム。

ダガー先生の感情を逆なでしてないかなと心配になりつつ、さらに話を聞いた。

「マンドラゴラの種？　それとも果実？　って、どういうものなの？」

「ふふん、ないんだよね、それ」

「ない？　どういうことなんだ？」

「ない」という言葉にダガー先生が勢いよく食いついた——いや、食ってかかった。

「マンドレイク、って植物があるの」

「それは知っているが、名前が似ているだけで姿形も、そもそも種として似ても似つかないものだぞ」

「焦らないでってば。そんなに簡単な話なら人間がとっくに解明してるじゃんか」

「むっ……」

その言葉には説得力があったようで、ダガー先生はぐっとたじろいだ。

そもそも全く見当もつかないから大地の精霊に聞きに来たのであって、それをピンポイントに突かれると黙らざるを得なかった。

「でね、アイスシガータって虫がいるの」

「虫？」

「その虫ってね、幼虫の時は三年くらい土の中で暮らすんだ」

「へえ、三年も土の中だなんて大変だね」

「そのアイスシガータの幼虫が偶然マンドレイクの種を食べて、土の中に潜ったままでいると、なんとね、種がお腹の中で消化されずに徐々に芽を出すの」

「え？　じゃあ食い破っちゃうってこと？」

子供のころ――前世での本当の子供の頃に、スイカを食べると腹の中から種が芽を出して腹を突き破るという、大人のたちの悪い冗談に怯えていたことをなんとなく思い出してしまった。

「ううん、もっと怖い話」

「もっと怖い話？」

「種の時って硬い皮に覆われてるじゃない？　でも、芽を出したらそれがなくなるから無防備なの。でも完全に無防備でもなくて、なんと幼虫とマンドレイクが徐々に同化をし始めちゃうんだ」

「同化だと⁉」

「もっと厳密に言っちゃうと、脳みそを乗っ取っちゃうんだけど、でも完全には乗っ取れなくて。喧嘩両成敗‼　って感じでアイスシガータともマンドレイクとも違う別の生きものになっちゃう、って感じ」

「そんなすごいことが起きるんだ」

「うん、起きちゃうの」

「……それは本当なのか？」

突飛すぎる話だからなのか、ダガー先生は疑わしげに眉をひそめながらオノドリムを半ば睨むように見た。

ダガー先生の睨みはかなりの迫力があったが、オノドリムはそんな眼光などどこ吹く風って感じで。

「マテオに嘘はつかないもん。ねっ、マテオ」

「えっ？　あ、うん。オノドリムは嘘をつかないと思うよ、ダガー先生」

俺はそう、ダガー先生に言った。

それは全くの本心で、オノドリムは快活な女の子だが、いたずら好きなタイプというわけではない。

たしかに突飛すぎる話だけど、だからこそ大地の精霊の口からしか聞けなかった話だとも言える。

「そうか……それは大変なことだぞ」

「そうなの？」

「その話が本当なら、人間はよほどの幸運と偶然が重ならない限り、向こう数百年にわたって解明することは不可能だっただろう」

「うん、そうだよね」

ダガー先生の言葉に俺は同意をした。

虫の幼虫が種を食って、それで消化しきれずに発芽（はつが）したが、さらに脳みそを乗っ取り切れずに共倒れした結果——なんて。

ダガー先生の言うとおり、よほどの偶然が重ならない限りは分かりっこないもんな。

それを考えると——。

「ありがとうオノドリム、すっごく助かったよ！」

俺はオノドリムに心からのお礼を言った。

それを聞いたオノドリムは、じーんと感動した様子で、その場でピョンピョン飛び跳ねた。

「やったー、うれしい！　そっか、知識もマテオにどんどんあげちゃえばいいんだ。埋蔵金とかそういうのしかいらないって思ってたよ」

「ううん、知識の方がよっぽどすごい財産になるよ。本当にありがとうオノドリム」

そう言って、にっこりと笑ってまたお礼を言った。

すると今度は「きゅーん」という音が聞こえたような気がして、オノドリムはさっき以上に感動している様子になった。

「だったらもっとあげちゃう！　なんでもあげちゃう！　ねえマテオ、もっと知りたいことない？」

「えっと……そうだね……」

そう聞かれて、俺は困った。

オノドリムは溺愛(できあい)モードに入った。俺の知らないこと、いや人間が知らないことをどんどんなんでもかんでも教えてくれるということなのだが。

……知らないことだと何が知らないのかも分からないから、何を教えてほしいかも分からず、ちょっと困ってしまうのだった。

164 偉業

「つまり……そのアイスシガータにマンドレイクの種を食わせて、それを畑に植えればよいのじゃな?」

俺の話を一通り聞いてくれた爺さんが話をまとめた。

俺は振り向き、背後にいるオノドリムとダガー先生のうち、オノドリムの方に確認した。

「それでいいんだよね?　オノドリム」

「うん、それであってる」

「だって」

「分かった、わしに任せるのじゃ」

「お願いね、おじい様」

俺がそう言うと、爺さんはにぱあ、といつもデレデレしているのをさらにデレデレした。

「にしてもさすがはマテオじゃ。まさかマンドラゴラの養殖とはのう」

「ううん、僕は何もしていないよ。それを教えてくれたオノドリムがすごいんだよ」

「そんなことはないぞ。いきさつは全て聞かせてもらったが、今回の話での精霊殿は知識を明らかにしただけ、いわば古文書の類じゃ」

「そう……なるのかな？」

爺さんの言葉に納得してしまうような、そうでもないような感情を覚える。

たしかにオノドリムが大地の力を使ったとかじゃない、彼女が持っている知識を教えてくれただけと言えなくはない。

それは彼女にしか持っていない知識なんだけど——。

「特定の本にしか書かれていない知識をマテオが見つけ出したということなのじゃ」

「そういうことになるのかな」

「無論その知識は相当のもの。しかし、知識があるだけでは宝の持ち腐れ。マテオはその知識を最大限に活用する道筋を今たてようとしているのじゃ。それはまさに偉人の所業」

「もう！　それは褒めすぎだよおじい様」

「何を言うか」

俺の抗議にも、爺さんは心外そうな顔をした。

「ならば聞くのじゃ。このマンドラゴラの養殖、マテオ以外の誰が実現まで持ってこれたというのじゃ？」

「えっと——」

「いないよー」

俺が答えるよりも早く、オノドリムがものすごい軽い調子で代わりに答えた。

「それ、人間がまだ知らないことでしょ。あたし、他の誰かに聞かれても別に教えようって思わなかったし」

「そういうことじゃ。精霊殿から知識を引き出せたのはマテオだけ。そして――！」

爺さんはぱっ！　と両手を広げて得意げな笑みを浮かべ。

「マテオの知識に人間と土地とそして金を用意できるのがわしじゃ」

「そ、そうだね」

「こうしてはいられんのじゃ。さっそく作らせてくるのじゃ」

爺さんはそう言って、全開にノリノリで部屋から飛び出していった。

新しい作物を作り始める時って結構お金も人も使うけど大丈夫なのか？

ほどほどにしてほしいけど、爺さんがあそこまでノリノリで止めようがない状況だった。

仕方ないから、爺さんの好きにさせるしかないと思った。

爺さんを見送った後、俺は振り向き、改めてオノドリムにお礼を言うことにした。

「ありがとう、オノドリム。オノドリムのおかげですごく助かったよ」

「えへへ……でも、ちょっと不満かな」

「え？　どうして？」

お礼を言われて嬉しがったオノドリムだが、それも一瞬だけ。

すぐに自己申告の通りに不満そうな表情をして、唇を可愛らしく尖らせてしまう。

「だってあれ、農家だか荘園だかにマンドラゴラ畑を作らせてみるって、そういう話じゃん？」

「うん、そうだね。こういうことは皇帝陛下よりも、荘園を直接持っているおじい様の方が動きやすいって思ったから、おじい様にお願いしてみたんだ」

「それが不満。試しに作るにしても、あたしに言えば大地の恵みを与えて、一瞬でパパッと作っちゃうのに」

「あはは、ありがとうオノドリム。でも、それじゃだめなんだ」

「え？　なんで？」

オノドリムは首をかしげた。

彼女からすれば俺のことを溺愛しているのでパパッとやりたいんだろう。

大地の精霊の力を使えば一瞬で、作物を生長させてしまうことはきっと難しくない。

いや、言葉通り「パパッと」やれてしまうだろうな。

だが、それじゃだめなんだ。

俺はダガー先生の方を見た。

ダガー先生――医者。

医者に関して、村人時代に思っていたことがある。

「あのね、マンドラゴラってダガー先生が、つまり医者が使うものなんだ」

「それで？」

「医者とか薬師とか、人間を治す技術って、一人のすごい人が全部やっちゃだめなんだ。世界中の医者や薬師たちができるようにしなきゃ、結局助かる人は増えないから」

「君、よく分かっているじゃないか」

俺の言葉を聞いたダガー先生が褒めてくれた。

爺さんを呼んでからはずっと黙ってことの成り行きを見ていたダガー先生は、沈黙をやぶって口を開いた。

それで俺を褒めてくれた。

村人時代、村にすごい薬師がいた。

その人のところに行けばなんでも治るように薬をいろいろ調合してくれて、それが実際にものすごく効いた。

それはいいんだけど、その人が亡くなった後で、別の薬師が出してくれた薬はそんなに効かなくて病気にかかっても中々治らなかった。

その人は前の薬師の弟子だったが、師匠の調合がすごすぎて半分も理解できなかったと言った。

すごい医者とか薬師が一人いるよりも、医者と薬師全員が使える技術の方がいいとその時に思ったものだ。

「その年齢でその考えに至るのはすごいな」

「あはは。でもごめんねダガー先生、おじい様に頼んじゃったから、マンドラゴラ、ちょっと待たせてしまうことになっちゃうけど」

「何を言うか」

ダガー先生は鼻白んだ。

「君はまだ自分の偉業を理解していない」

「え？」

「マンドラゴラの養殖など、百人の医者に聞いて九十九人には鼻で笑われるような与太話だ。それを試せるところまで一気に持ってきたというだけで既に偉業。百年分の進歩を一足で飛び越えたようなものだ」

「そ、そうなのかな」

ダガー先生にも爺さんと同じような理屈で褒められた。しかも、あのダガー先生から。

俺はますます恥ずかしくなってしまうのだった。

165 心の栄養

「先生はこれからどうするの？」

屋敷の応接間に移動して、メイドにお茶とかお菓子をだして一服しながら、ダガー先生に聞いた。

応接間では俺とダガー先生がソファーで向かい合って座っていて、オノドリムは俺の背後で宙に浮いた状態で首に腕を回している。

そんな状態で、ダガー先生は出した紅茶を一口すすって、言った。

「色々と考えを改めているところだ」

「考えを？　どういうことなの？」

「心拍数の件しかり、マンドラゴラの件しかりだ。君と上手(うま)く付き合えば医療技術が大きく発展するようなのでね」

「そうかな」

「結果的にはそうなっている」

「えっと、うん」

結果的にって言われると否定のしようがなかった。

「だからもっと君を活用できるようなことは何かと考えていてね。あれほどの奇跡を引き起こせる者ならもっとちゃんとしたところで活用した方がいいと思ってね」

「何か思いついたの？」

「いいや」

ダガー先生は首を振った。

「今までは地道に一つずつ課題を解決していったのでね、真っ先に思いつくものといえば全てが、ただの人間でも時間をかければそれなりに解決できるものばかりだ。君を活用するのならもっと二〜三歩先、なおかつ要（かなめ）になるところがいいと思ってね」

「そうなんだ……ダガー先生ってすごい人だね」

「うん？　なんの話だ？」

「ずっと医療のことを考えてるから、すごいなって」

俺は本心からの言葉を口にした。

出会った時は無愛想だったし、今もやろうとしていることは俺の活用、あるいは利用だけど、それは医療技術の進歩のためにという理由でやっている。

技術の進歩にこだわるのは、話を聞く限り何かを開発して名を揚げたいとかそういうことじゃなくて、これができれば患者はもっと健康でいられるという理由だ。

そういうダガー先生をとても好ましく感じた。

「そんなことか」

さっきの俺とは違って、ダガー先生は恥ずかしがったりせずに、これまたやや鼻白んだ様子で言い返してきた。

「技術の進歩を目の前にして平然としていられる方がどうかしている」

「そういうものなんだね」

そうかもしれないと納得しつつ、そこまで振り切れるダガー先生はすごいと思った。

「ねえねえ、マテオはそれでいいの？」

背後からオノドリムが聞いてきた。

「それでいいのって、何が？」

「利用されてるって言われて、そのままでいいのってこと」

「あ、うん。ダガー先生のその考え方は立派だから、僕に協力できることがあったらしようって思ってる」

「そうなんだ」

「それに、協力した方がより多くの人を救えるかもしれないって思ったから」

「うーん、マテオがいいって言うのならあたしも別にいいけど」

背後から俺の首に腕を回したまま、しぶしぶ、といった感じで引き下がるオノドリム。

言葉通り本当はいやだけど俺がそう言うのなら、って感じだ。

だから俺は話を逸らすことにした。

「オノドリムは病気とかしないの？」

「病気？　ならないよー」

一瞬きょとんとした後、いつものようにあっけらかんと答えるオノドリム。

「そうなんだ」

「そもそも人間と作りが違うからね、病気っていう状態はないね。消滅はあるけど……それも人間でいう死とはちょっと違うしね」

「そうなの？」

「うん。人間は死んでも魂になって生まれ変わるじゃん？」

「えっと……そうだね」

一瞬どきっとしたが、俺は平然を装って相槌を打った。

魂になって転生する――俺は一瞬今の状況を言い当てられたかのように感じて、めちゃくちゃどきっとしてしまった。

「でもあたしは消滅したら完全に無になるから。転生とかないんだ」

「そうなの⁉」

「うん。あっ、人間に転生して、死んだらまた大地の精霊に戻るのはあるけどね。でも今消滅したら完全に無」

はっきりとそう言い放つオノドリム。

死とはまた違う「無」という言葉は、説明を経て内容がはっきりしていくにつれ重みを増していった。

「だからマテオにはすっっっっっっっっっ――ごく！」

オノドリムは一旦俺の首から腕をはなして、真っ正面に来て、めちゃくちゃ溜めてから。

「感謝してるんだよ‼　命の恩人なんだよ‼」

と力説した。

「うん、僕も助けられて良かった。でも、僕とか、人間に認識されるのがオノドリムの生きる力になってるんだよね」

「うん！」

「それって人間の何に相当するの？」

「人間の？」

「うん。あるのかなって。オノドリムのそれを人間に喩えてぴったりなものがあるのかなって」

「うーん……そうだね……」

オノドリムは頬に指をあてて、斜め上に視線を向けながら思案顔をした。

かなり難しいのだろうか、オノドリムはたっぷり考え込んだ後。

「あっ！」

と、何か思いついたのか、手をポンと叩いた。

「食べること」

「食べものってこと？」

「ううん、ちょっと違う。あってもちょっとあってる」

「えっと？」

どういうことだ？　と俺は首をかしげた。

「もちろん食べものもそうだけど、『食べること』も込みで」

「食べること？」

「ほら、おじいちゃんおばあちゃんになったら歯がなくなってまともにものを食べられなくなるじゃん？　そうなると『食べること』での楽しみが減って、それで体まで弱っちゃうんだ」

「へえ、そう――」

「そうなのか⁉」

オノドリムの言葉に感心した俺だが、それ以上にダガー先生が食いついた。

「な、何？」

「その話本当なのか？　『食べること』も寿命に関わるって」

「え？　うん、そうだよ。食べられるっていうのも人間にはかなり大事だよ」

「……」

「ダガー先生？」

「君、すごいぞ！」

「え？」

「君はすごいことを暴いて、いや引き出してくれた。歯だ」

「歯？」

ダガー先生はものすごく興奮していた。

正直俺はまだちょっと理解が追いついていないけど。

ダガー先生がそこまで言うのなら、それはきっとまた、すごいことなんだろうなと思ったのだった。

166 爺さんの歯

「厳密にいえば虫歯だ。虫歯が原因で歯が欠けたり、抜けたりするのをなんとかしなければならない」

「えっと——」

「ふむ、貴族には分からないか。歯ブラシはほとんど貴族か大金持ちにしか使われないからな」

「あ、ううん。それは知ってる」

たぶんこの世で俺が一番よく知っている。

元村人で、転生して拾われて貴族の養子になった俺が一番よく知っている。

貴族は毎日歯を磨く。

その歯を磨くために使われる道具は歯ブラシというが、この歯ブラシは木製の取っ手に硬い毛をくくりつけて磨くものだ。

その毛はなんでもいいというわけじゃない。

ほどよく硬くて、かといって硬すぎないものじゃないとだめ。

そこで使われるのが豚の背中の毛だが、大体豚一頭から歯ブラシ一本分の毛しか取れない。

その上、動物の毛を毎日「こすりつける」ように使うから、当然毛の方が徐々にへたっていく。

豚一頭から一本分しか取れない上に消耗品でもあるから、歯ブラシというのはものすごい高級品で、ダガー先生の言うとおり貴族か大金持ちにしか使われない。

村人だった頃は塩を指につけて擦って歯磨きをしてた。

塩だってそうそう安いものじゃないから、磨かないことが多かった。

「そうじゃなくて、虫歯？　ってことだよ」

「老人でなくとも、歯痛で食事が喉を通らないことが良くある——これも君には分からないな。実に綺麗な歯をしている。大事にしろ」

「えっと……うん、なるほど」

なんとなく話が分かった。

確かに歯が痛くて飯が喉を通らない経験は前世の村人時代にあった。

老人は歯がなくなってそれで——という話なのに虫歯の話になったのはなんでって思ったけどちゃんと同じ理屈だったようだ。

「つまり虫歯の治療をもっとできれば人間の寿命も延びるということだな」

「えっと……そうかな？　そうかも」

オノドリムはよく分かっていないようだが、とりあえず頷いといた、という感じだった。

「ならば治療の方向性だが……悪くなった患部を切り取るのは定石だ。虫歯の黒くなった部分を削るか？　いや削っただけではだめだな、できてしまった穴も埋めた方がいいだろう。穴の中に触れると痛むというから塞がねば――」

あごを摘まんで、何やらぶつぶつ言い始めたダガー先生。

ちょっとしか聞こえないけど、虫歯の治療のことらしかった。

普段だったら、こういうタイプの人が自分の世界に入り込んだのを邪魔しちゃいけないって思ってしまうが、今回はちょっと違った。

「ねえ、ダガー先生」

俺はちょっと強めに――いつもよりちょっとだけ強めの口調で呼びかけ、それで顔をあげてくれたダガー先生を強めに見つめた。

「どうした？」

「僕に協力できることってある？　なんでもするよ」

「なんでも？」

「うん、なんでも」

「マテオどうしたの？　なんか普段よりかなり本気っぽい？」

俺のテンションがいつもとちょっと違うことにオノドリムも気づいたようで、彼女は不思議がって聞いてきた。

「おじい様をなんとかしてあげたいんだ」

「おじいちゃん？」

「うん、おじい様。おじい様って歯が少なくなってきたし、歯が少ないと食べものがちゃんと食べられなくて長生きできないって二人とも言ったでしょ」

「そうだね」

「なるほど、ロックウェル公か……」

「だからおじい様に歯をプレゼントして、長生きしてほしいんだ」

俺は目的を二人に話した。

かなり本気の——いやめちゃくちゃ本気の目的だ。

今まで、こうすれば長生きする、という話をあまりしてこなかった。

この歯の話が初めてかもしれない。

爺さんのことは「おじい様」って呼んでるけど、橋の下で俺を拾って育ててくれたから実際は育ての親に近い。

また、村人時代とマテオ時代、両方の人生を合わせた年齢で考えて、爺さんはほとんど親のような年だ。

俺はものすごく純粋に、爺さんに長生きしてほしいという気持ちで、ダガー先生に協力しようと思っている。

「だからダガー先生、協力――うん、なんでもするから、協力さ、せ、て」

「よし、ならば歯を作ろう」

「歯を作る？」

「治療よりもなくなった歯を作って差し込む形だ。なあに、複雑な義肢に比べれば歯はタダの塊だから難易度は低い」

「なるほど、そうだね！」

「ねえねえ、なんであんたもやる気になってんの？　前の時よりずっとやる気っぽいけど」

今度はダガー先生のやる気を不思議がったオノドリム。

彼女に指摘されて、俺もそういえばと思った。

ダガー先生と初めて会った時から、オノドリムもダガー先生といろいろ絡んでいる。

だからダガー先生のやる気の違いに気づいたみたいだ。

「ロックウェル公は彼のことを溺愛している」

「あ、うん。そうだね」

だから？　とダガー先生を見つめ返す。

「君の発案で、なんなら治療法に君の名前をつける。そうなればロックウェル公は世界中の貴族の老人に君を自慢できると、その先の研究費など惜しげもなくだしてくれるだろう」

「あー……」

なるほどと思った。

同時に、その光景がものすごく鮮明に脳裏に想像できてしまった。

うん、爺さんなら絶対そうする。

『見て見て、マテオがプレゼントしてくれた新品の歯なのじゃ』

そんな感じでめちゃくちゃ自慢して回るだろう。

その先にもっと何かがあるとダガー先生がアピールすれば、研究するためのお金は絶対に出す。

「つまりwin－winの関係だ」

「うん、そうだね」

爺さんがそれで俺をさらに自慢して回るのは恥ずかしいけど、爺さんが元気に長生きするのは良いことだ。

俺はますます、ダガー先生に協力する気持ちを固めたのだった。

167 セラミック

「それじゃあ、まずは何をしたらいいかな」

俺はダガー先生に聞いた。

ダガー先生は少しだけ考えてから、答えた。

「そうだな。歯を固定する方法はいくつか知っているが、肝心の歯の材質には心あたりがない。だからそこだな」

「歯の材質？　それって、何を材料で作るかってこと？」

「そういうこと」

ダガー先生ははっきりと頷いた。

「真っ先に思いつくのは動物の骨か歯を使うことだな。白いし、細工もそれなりに簡単にできるだろう」

「……それって、ダメだと思うよ」

「うむ？　やけにはっきりと言い切ったものだな。なぜなんだ？」

俺は微苦笑してその質問に答える。

「動物の骨も歯も、口の中で次第に溶けていくから」

「溶ける？」

「うん」

俺ははっきりと頷いた。

これは貴族として得た知識じゃなくて、村人の記憶で得たものだ。

動物を食材にすると、当然の如く骨をどうするのかという話に行きつく。

貴族はほとんどといっていいほど食べないが、村人たちは骨も食べる。

言葉通り、骨の髄までしゃぶり尽くす。

俺もその経験があるから、動物の骨とか歯って、口の中に入れてるとたぶん唾液にふやけるせいでどんどん溶けていくものだ。

「骨って、口の中に入れてるとどんどん溶けていくんだ」

「うん？　ああ……そういえばそうだったな」

ダガー先生は少し考えて、納得した。

「歯――義歯と呼ぶが、常に口の中に入れておくものだから、溶けるようなものではだめだな」

「うん、そう思う」

「なら動物の骨や歯はなしだな。それにしても――」

ダガー先生は意外そうな表情でこっちを見た。

「貴族なのによくそんなことまで知っているな」

「え？　あっ……その、ご本で読んだんだ。そういうことが書かれてててへえって思ってそれで覚えてたんだ」

「そうか」

苦しい言い訳だったが、ダガー先生はあっさり納得してくれた。

ヤバイヤバイと思いつつ、もっと気をつけねばと思った。

「ならば……黄金だな」

「黄金？」

「黄金なら溶けない、しかも金属の中で形を作り替えやすい。高価だろうが公爵なら気にするほどのものではないだろう」

「うーん……」

「今度はどうした」

「その義歯って、ずっと口の中に入れておくものだよね」

「そうだ」

「黄金だと重くてあごが疲れちゃうと思うんだ」

一呼吸の間を空けて、マテオになってから初めて黄金を手にした時の記憶を思い出しつつ、さらに続けた。

「初めて黄金を持ってみた時のことを今でも覚えてる。黄金ってめちゃくちゃ重いんだ。気になって重さを計ってみたら、同じ大きさだと鉄の約二・五倍重いんだ」

「へえ、そんなに重いのか」

「鉄でも重いのに、その約二・五倍だもん。おじい様だと二十～三十本くらい作って入れるから、ずっと重いものを口の中に入れるのは辛いと思う」

「そうだな、老人には負担が大きすぎる」

ダガー先生はすんなり納得してくれた。

「それを考えると鉄もだめだな」

「鉄はだめだよ、錆びるもの」

「そうだな」

あーでもないこーでもないと、俺はダガー先生とあれこれ意見を出し合った。

「オノドリムは何か知らない？」

「うーん、いろいろ知ってるけど、でも」

「でも？」

「人間の口の中に入れてどうなるのかは分からないんだよね」

「それはそうだよね」

俺は微苦笑した。

オノドリムは大地に存在する物質のことならなんでも知っているだろうけど、それぞれが人間の口の中に入れた場合——なんて。

人間がそもそもやっていなければ知るよしもない。

「ごめんねマテオ、役に立てなくて」

「そんなことないよオノドリム。今まででもすごく助かってる。本当にオノドリムがいてくれて良かった」

「マテオ……」

オノドリムは、ジーンと感動した様子で俺を見つめてきた。

「意外と難しいな」

ダガー先生は唸(うな)った。

「そこそこ軽くて、口の中に居続けても溶けない、形を作り替えるなど加工がしやすい……さて、それを全て満たすものはあるのだろうか」

「うーん……」

俺は腕組みして、天井を見あげた。

なんで、ものごとを考える時って人は上の方を見るんだろう——と一瞬だけ今はどうでもいい考えが頭をよぎったが、それでもやっぱり天井を見あげて考えた。

ダガー先生が言う条件をすべて満たすものはないかと、自分の知識と記憶の中から合うものを探した。

「……あ」

「何か思いついたのか？」

「えっと……うん、全部満たせると思う。重さも軽いものがあったはずだよ」

俺は思いついたものを頭の中で広げて考えてみた。

軽くて、溶けなくて、形を作りやすいもの。

ダガー先生が言う条件を全て満たすものを見つけた。

「君だけが分かっていてもしょうがない。教えてくれ」

「うん！　えっとね……これ」

俺はそう言い、来客のためにメイドが出してくれたティーカップや皿を手に取って、先生の目の前でかざして見せた。

「皿？　いやカップ？」

「ううん、ちょっと違うよ。最初は瓦（かわら）で思いついたんだけど——陶器（とうき）」

「陶器……はっ！」

ダガー先生もはっとした。

俺は小さく頷いた。

「そう、陶器。焼く前は溶けるけど焼いた後はまるで溶けなくなる、で思い出したんだ」

「すごいぞ君、ナイスな発想だ」

ダガー先生の目が光って、表情や空気が前のめりになった。

168 土いじり

深い森の中、少し開けたところにある足首まで浸かる程度の小川。

その小川に、オノドリムに案内されてやって来た。

「ここだよ」

オノドリムは目の前にある段差を指さした。

それは崖ほどではない、人間一人分の高さの段差。

川の直ぐ横にあるから、人間からみれば段差だけど、小動物視点だとちょっとした崖に見えてしまう、そんな場所だ。

「ちょっと待ってね」

俺はそう言い、段差の方に向かった。

木の根っこに支えられているような段差のところを素手で掘ってみて、その土を手に取ってみる。

そこから取れたのは、白と灰色の間くらいにある、普段ではあまり見ないような色の土だった。

「うん、ありがとうオノドリム」

「その土でよかった？」

「うん！」

「やった！」

俺が笑顔で頷くと、オノドリムはそれ以上の嬉しそうな笑みを浮かべた。

「本当にありがとうオノドリム。この土って中々まとまった量を見つけるのが難しかったんだ」

「土のことなんて楽勝だよ！」

オノドリムは嬉しさを維持したまま、ちょっとだけ得意げな顔をした。

俺は手の中の土と、段差の方にまだある、まとまったその土の塊に視線を向けた。

白っぽい土。

村人時代に良く使ってた土だけど、昔は何も考えずに使っていた。

でも今は、貴族の孫に転生した今は、いろんな本を読ませてもらったこともあって――。

「なんでこの土は白っぽいんだろ」

と、昔に比べて知識欲が出てきた。

「それはハリミミズのせいだよ」

「ハリミミズ？」

「うん！　ハリミミズが穴を掘る時、えっと……人間でいうツバかな、それと混ざった土が白っぽくなるんだ」

「へえ、そうなんだ。でもどうしてハリミミズなの？　普通のミミズより細いから？」

「んーん、後ろに穴がついてるから」

「へえ」

オノドリムから聞いた話は興味深かった――が、今はそれよりも大事なことがある。

「じゃあこれを持って帰ろう」

「うん！　手伝う！」

大地の中に眠っているハリミミズの土。

大地の精霊の協力で、それを大量に持って帰れた。

☆

屋敷の庭、景観のための造りがほとんどない、開けた場所。

その場所に、俺はダガー先生とオノドリムと三人でいた。

俺たちの前に、持ち帰ったハリミミズの白い土が山盛りになっている。

さらにその横に小さな「釜」があった。

見た目は「煙突しかない」感じの釜で、煙突の頂部から炎の舌が絶えずチロチロと顔をだしている。

「もう一回薪を足せば焼けるかな」

俺はそう言い、煙突の底につくった穴を薪でつっついて灰の詰まりを取って、頂部からまとめて薪を投げ入れた。

それで炎がさらに勢いを増していく。

「驚いたな……」

ダガー先生が言葉通り、何やらものすごく驚いた顔をして言ってきた。

「え？　何が？」

「君が焼きものまでできるとは思いもしなかった」

「あはは、えっと……ご本で読んだんだ」

俺は適当にごまかした。

これは本で読んだ知識じゃなくて、前世の村人時代に身につけた生活の知恵だ。

村人にとって、皿とかお椀とか、様々な容器は買うものじゃなくて自分で作るものだ。

特に、水を長い間貯蔵して漏れないようにする水瓶とかは、自分たちで焼いて作る。

それと、うちの村の「税」の都合もあった。

領主に上納する税は現金の他に、収穫物の物納やいざという時の労働力などがある。

住んでいた村の近くに良質の粘土が固まっていたから、天災人災の度に屋根瓦を作って領主のところに上納していた。

その時に身についた技術だ。

この煙突しかないような形だと、煙突の長さと下の穴との兼ね合いで、煽ぐとか吹くとか一切必要なくて、勝手に風が送られて炎が育つ形だ。

煙突自体も土をこねて長い筒状に作るだけだから、簡単に作れて終わった後は崩せばいいというもの。

転生してから十年ぶりくらいにやったけど、昔取った杵柄がまだちゃんと残っててちょっとホッとした。

「だとしても驚き、いや感心だ。君のことを誤解していた」

「え？　誤解って？」

「君は魔法と加護にあぐらをかいている少年だと思っていたのでね」

「ひどい！　マテオはそんなダメッコじゃないもん！」

俺よりも先に、オノドリムがダガー先生に抗議した。

「そうだな、考えをもう少し改めることにする」

ダガー先生がそう言った後、俺たちはもうしばらく煙突を見守った。

やがて追加投入した薪も燃え尽きて、炎の高さがどんどん下がって煙突の中に引っ込んでいった。

下の方の穴を覗（のぞ）き込み、底の炎も大体消えかけたところで、道具を使って「それ」をかきだした。

それは白い粒だった。

小さいものは豆粒くらいで、大きいものは小指の第一関節から先くらいのものだ。

そんな白い粒が都合十個くらい焼き上がった。

「……うん、見てダガー先生」

「ふむ……なるほど」

「この土を使って焼きものをすると、白くてつるつるしたものになるんだ。それに焼きものだから、水の中につけても絶対に溶けないし」

「確かにこれなら歯——義歯を作るのに向いている。すごいな少年、よくこんなのを知っていたな」

ハリミミズの土で焼いた白い粒に、ダガー先生は大いに満足したようだった。

169 千載一遇のチャンス

「これなら相当のものが作れる」

「本当に?」

「ああ、君のおかげでな」

そう言ってくれたダガー先生は、褒め言葉もさることながら、目が輝いてて興奮しているようだった。

「ダガー先生、なんか嬉しそう?」

「当然だ、これほどのチャンスは二度と訪れないかもしれないからな」

「チャンス?」

俺はきょとん、と首をかしげてしまった。

今回の件を思い返してみる。

オノドリムから偶然知った、歯は健康ひいては寿命に影響するという話から、年取って歯のほとんどが抜けてしまった爺さんのために歯を作ってやろう、となったこと。

そこでダガー先生がどう関わっているのかというと、医者としてこっちが協力を頼んでいる状態。

簡単にまとめると今回はそういう話だ。

一通り話をまとめてみた。

うん、やっぱりダガー先生が「これほどのチャンス」と話す理由が全く分からない。

分からないから、ストレートに聞くことにした。

「チャンスってどういうことなの？」

「どう見てもチャンスじゃないか」

ダガー先生は「何を言ってる」と、意外そうな表情をした。

「君との付き合いはまだそんなに長くない、場面も限定的だ。君と関わった事柄の全てが治療よりも健康維持の方法を模索していたと記憶している」

「うん、そうだね」

もう一度ダガー先生と出会った時のことを思い出した。

ダガー先生は睡眠のことを研究していた。

睡眠の質が健康と寿命に影響するからというのが理由で、説明された後は少しは納得したが、それでもまだ時々、本当にこの人は医者なんだろうかと思ってしまうことがちょっとだけある。

「そんな私が偶然にも大地の精霊からの知識を得た。それだけではない、新しい医療技術を発展させる時にいつもぶち当たるのが資金面の難題だ」

「そうなんだ」

「が、今回は君が祖父に作ってあげたいという目的で進めている。公爵家で孫が祖父にプレゼントするともなれば、予算度外視で事を進めることができそうだ」

「あっ……」

「資金とか経費とか、そういったことに煩わされずにすむ機会なんてそう何度もあるものではない。だから千載一遇のチャンスなのだよ」

「そっか……」

　密かに大変なんだな、と思ったが、それを実際言葉にしてしまうのもよくないなと思って言葉をぐっと呑み込んだ。

「……あのね、ダガー先生」

　少し考えて、言うことにした。

　この先のことは「俺」の口から出すのは可愛げがないからあまり言いたくないけど。オノドリムの知識とダガー先生の実績。

　この二つが上手くピタッと合致したらたぶんものすごい数の人が助かる。

　そう考えて言うことにした。

「これ、僕の想像なんだけどね。もしダガー先生が作った歯の出来がすごく良くて、おじい様が気に入ったらね」

「うん、それでどうなるんだ？」

「おじい様、絶対自慢したがると思うんだ」

「孫からのプレゼント、あの手の老人なら自慢したがるだろうね」

「ううん、ごめん、言葉が足りなかった。おじい様の自慢って、僕たちが作った歯を他人に見せびらかすとかじゃないんだ」

「うん？　じゃあどうするんだ？」

ダガー先生は眉をひそめて、聞き返してきた。

俺は心の中で密かに苦笑いしながら答える。

「その歯を作ったのが僕だって宣伝するために、歯の作り方とか、作った歯に僕の名前をつけて、世界中に広げてアピールすると思うんだ」

「そんなことをするのか」

「今までも何回かそういうのがあったしね」

心の中でだけ――と思っていたけど、苦笑いが表に出てきてしまった。

これからするであろうことの予想だけだったらまだ我慢もできたけど、実際にあったことを思い返すとどうしても苦笑いするのを抑えられなくなってしまう。

「なるほど、孫への溺愛度が私の想像の遙か上をいってるのだな」

「そうだと思う、だからねダガー先生」

俺はダガー先生をまっすぐ見つめた。

まっすぐと、真剣な眼差しで見つめた。

ダガー先生は「うん？」と首をかしげた。

「成功したら、おじい様が世界中に広めるためにもっとお金を出しちゃうと思うよ」

「……おおっ」

それまでは「なんでこんな話をしているんだ？」的な顔をしていたダガー先生だったけど、最後の一言で全てが繋がったかのような感じではっとした。

「それは素晴らしい」

「もっとたくさんの人が助かる、というか、長生きできるようになるよね」

「そういうことだな」

ダガー先生はにわかに興奮しだした。

それが俺が恥ずかしくなるのを抑えて彼女にこの話をした理由でもある。

爺さんは俺のことになると、ちょっと我を忘れるくらいの勢いで、世界中に広める勢いで宣伝することが多い。

今までのそれはただただ「恥ずかしいだけ」のことが多かったが、今回は結果的にものすごく多くの人の健康に役立つはずだから、恥ずかしいなんて言ってられないと思ってダガー先生にそれを教えた。

想像通り、ダガー先生は「千載一遇（せんざいいちぐう）のチャンス」といった時よりも遙かに目の輝きが増して、やる気になったのだった。

170 手術の魔法

数日後、屋敷のリビング。

俺とダガー先生が待っているそこへ、話があると言って呼んだ爺さんがやって来た。

「おおっ、マテオや、今日も凛々しくてかっこいいのじゃ」

爺さんは部屋に入ってくるなり、ジジバカを遺憾なく発揮してきた。

そのまま俺に近づいてきて、有無を言わさず腋の下に手を入れて抱き上げた。

「おおっ、これはまた少し成長したのではないか？」

「う、うん。たぶんちょっとだけ。ねえおじい様、本当に腰を痛めちゃうから降ろしてよ」

それに恥ずかしい――は、腹の底に呑み込んで言わないことにした。

「フォッフォッフォ、これしきのことどうということはないのじゃ。それにわしも鍛えておるのじゃぞ？　マテオを抱っこできるようにこっそりとな」

「ええっ！　そうなの!?」

俺はめちゃくちゃびっくりした。

というか本当にそんなことをしてたのか爺さんは。

よく見ると、俺を抱き上げている腕は前に見た時よりもちょっとだけ筋肉がついている——かもしれない？

「うむ、このまま高い高いもできるぞ？」

「そ、それはやめておじい様。というか今日は大事な話があるから、まずは降ろして」

「ふむ？　そうなのか？　それならば仕方がないのじゃ」

爺さんは心底口惜しげな表情をしながらも俺を降ろしてくれた。

俺の「大事な話がある」というのがかなり効いたみたいだ。

「それでマテオや、なんの話じゃ？」

「えっとね、おじい様の歯を作ってきたんだ」

「は？」

「うん、歯」

「は……？」

「歯」

なんとなく言葉が伝わっていないような気がしたから、俺は口を「ニッ」と笑う形につくって、自分の歯を指さした。

「なんだ、歯か。……わしの歯を作ってきたとはどういうことなのじゃ？」

言葉は伝わったが、今度は話の意味、展開が理解できないという表情になった爺さん。

それは予想通りだから俺は話を続けた。

「おじい様って、歯がほとんど取れちゃってるじゃない？」

「そうじゃな」

「でね、オノドリムから聞いたんだけど、人間って歯が残ってた方が長生きするみたいなんだ」

「なんと、精霊様がそのようなことを？」

「うん」

「でもわしはピンピンしておるのじゃ」

「おじい様だからね。でも、オノドリムの言う通りだったら歯があった方がもっと長生きできるってことじゃない？」

「うむ……精霊様がマテオに嘘をつくとは思えんし、そうなのじゃろうな。しかし」

爺さんはそこで一旦言葉を切って残念そうな顔をした。

「こうなると口惜しい、長生きできればもっとマテオの良いところをずっと見ていられるというに」

「あはは。だからね、僕、ダガー先生に協力してもらって、おじい様の歯を作ってきたんだ」

「うむ？　ふむ、そういえばそういう話じゃったか」

ここで俺が最初に言ったことを思い出して、話が繋がったと得心顔になる爺さん。

「ダガー先生」

「ああ」

ダガー先生は頷き、俺たちの横に準備してあった、布を被せたワゴンを引き寄せた。

そしてその布をとると、普段は食事を運ぶのによく使われるワゴンの上に、人間の口の中を模った木製の台があった。

その台の上にハリミミズの土で焼いた白い歯が二十数本ずらっと並んでいた。

「おお、確かにこれは歯じゃ」

「これをおじい様につけてほしいんだ。不安かもしれないけど――」

「これはジジイ冥利につきるのじゃ」

「え？」

不安だけどお願い――って言おうとしたけど、爺さんの顔からは不安とかそういったものは全く感じられなくて、むしろ親にオモチャを買ってもらった子供かってくらいめちゃくちゃ嬉しそうだった。

「ジジイ冥利……って？」

「孫からのプレゼントじゃ。しかも手作り。これ以上のプレゼントなどこの世に存在しようか。いやしないのじゃ」

「あ、うん」

なるほどと思いつつも、ちょっとだけ恥ずかしかった。

いつもの爺さんだが、やっぱりそれをやられる度にちょっとというか大分恥ずかしくなってしまう。

「しかもこの歯……見た感じ陶器じゃが表面が明らかにただものではない。釉薬がちがうのか？」

「うん、釉薬はつかってないよ。僕たちが探してきた、今回のための土を使ったからこんなにつるつるなんだ」

「なんと！　マテオが見つけてきた新しい土というわけか！　これはすごいのじゃ‼」

「えっと、そんなにすごいってほどのことじゃ——」

「さあ早くつけてくれなのじゃ。マテオ土のマテオ歯、一刻も早くつけたくてわしうずうずなのじゃ！」

最初はどう爺さんを説得しようかといろいろ考えていた。

しかしその心配とは裏腹に、爺さんは俺の想像していたのより数倍は乗り気になっていた。

「う、うん。じゃあ、その、ダガー先生にお願いして、手術をしてもらうことになるけど……」

「手術か、分かったのじゃ。ならば術者を今すぐに——」

「それなら手配ずみだ」

ダガー先生は爺さんの言葉を遮ってそう言った。

爺さんとダガー先生がいう「術者」というのは手術に特化した魔法を使う魔法使いのことだ。

もっといえば、ほとんどが最上位の睡眠魔法をつかう人のことを指す。

例えば矢傷を受けて、矢は抜いたけど矢尻が体の中に残ってしまった場合。

矢尻を取り出さないといけないが、上手く取り出すにはその周りをちょっと切った方が取り出しやすい。

そうするとさらに痛い思いをさせてしまうし、何よりも暴れて危険になることが多い。

そこで睡眠魔法の出番だ。

高等な睡眠魔法をかけられると、寝てる間、何をされても起きなくなってしまう。

何をされても反応しないし動かないから、その間に治療をしてしまうというわけだ。

「私も驚いたのだが、この子は回復魔法？　というものが使えるそうなのだな」

「……はっ！　そうか」

爺さんは数秒間きょとんとしたが、すぐにその言葉の意味を理解した。

「そうか！　マテオは失われた回復魔法を復活させておる。手術の後の傷口を直ぐに塞げるというわけじゃな！」

「うん、そうだよ」

「さすがマテオじゃ！　ならばさあ、今すぐに始めるのじゃ！」

爺さんはますます乗り気になって、手術の開始を言ってきたのだった。

171 健康は義務です

廊下で待っていると、部屋のドアが静かに開き、ダガー先生が出てきた。

ダガー先生の白い服にところどころ赤い血が飛び散っているが、「血染め」という言葉から連想されるようなイメージじゃなくて、ダガー先生はかなり落ち着いていた。

「手術は終わったよ」

「本当？」

「ああ。回復魔法……だったかな？　それを頼む」

「うん！」

俺は頷き、部屋の中に入った。

部屋の中で、爺さんがテーブル（？）の上に寝かされていた。

「ベッドじゃないんだね」

「ベッドでは低すぎる。手術はいわばこっち側の作業がメインだから、低すぎるとそれだけで支障が出る」

「あっ、そうだよね。しゃがみっぱなしは腰にクルよね」

ダガー先生の言葉にものすごく共感した。

村人だった頃は本当に、ほっっっっっんんんとーに！

腰痛に悩まされたもんだ。

だから手術しやすいようにテーブルくらいの高さに寝てもらったという話は、めちゃくちゃ納得できた。

改めて爺さんを見た。

すやすやと寝ている爺さんの口元に白い布がそっと被せられている。

少しだけ赤い血がにじんでいるように見える。

「布を被せてるんだ」

「普段なら患部に包帯をまいたりするのだが、今回は回復魔法とやらですぐに治してしまうのだろう？」

「うん！」

「だから布を被せるだけに留めておいた」

「そうなんだ」

なるほどな、と思った。

「さあ、その回復魔法とやらを見せてくれ」

「分かった！」

頷き、テーブルの前、爺さんの前に立った。

爺さんの口に手をかざすように近づけて、魔力を変換し白と黒の魔力を練り上げた。

もういい歳の爺さんだから、痛い思いをさせるのはよくない。

そう思い、今までで一番力が入った。

回復魔法が発動し、癒やしの光が爺さんを包み込む。

光は一瞬だけ膨張して、すぐに収まった。

「……はい、おしまい」

「何もう終わったのか？」

「うん、もう大丈夫のはずだよ」

ダガー先生はいかにも信じられないというような表情で爺さんに近づき、被せている布をとっぱらった。

爺さんの口の周りには多少の血の跡がついているが、ダガー先生はそれに構わず、すやすやと寝ている爺さんの口をこじ開けた。

「本当だ……」

爺さんの口の中を見て絶句した。

俺も近づき、爺さんの口の中を見た。

「わあ……」

ダガー先生とは違って、俺は感動した。

爺さんの口の中には、真っ白で綺麗な歯が、「一本も欠けていない」みたいな感じでならんでいた。

綺麗につけられた歯を見て、俺は心から感動していた。

「回復魔法……すごいな」

その側で、ダガー先生は俺とは違うことに感動していた。

☆

「おお、おおおおおお⁉」

部屋の中、睡眠魔法が解けて目覚めた爺さんは鏡を覗き込んで、わなわなと震えるほど感動していた。

鏡の中に写し出す自分の姿に、口を開けたり自分で口角をひっぱってさらに奥まで確認したりと、取り付けた歯に感動した。

その姿を俺とダガー先生、そして入り口の近くで待機しているメイドのローラが見守っていた。

「すごい、すごいぞマテオ。ここまでとは思いもしなかったのじゃ」

「どこか気分悪いところはない？」

俺は爺さんにそう聞いた。

見た感じはちゃんと歯になっているとはいえ、ちょっと前まではなかったものが口の中に入っているのだ。

歯の間に肉とか野菜とかの切れ端が挟まっただけでも違和感バリバリだから、大丈夫かなと思って聞いてみたんだが。

「マテオが作ってくれた歯、すこぶる快適なのじゃ！」

「そ、そうなんだ。違和感がないんならよかった」

俺は気を取り直して、待機していたローラに合図を送った。

ローラは頷(うなず)き、静かにワゴンを押して俺たちに近づいてきた。

「ねえおじい様」

「なんじゃやマテオ」

「これ……食べてみる？」

「これは……スルメイカ？」

「うん」

頷く俺に、不思議そうな表情をする爺さん。

ワゴンの上に置かれていたのは天日干ししたスルメイカだった。

「人魚たちにお願いして、最高のイカをもらって、僕が作ったんだ」

「マテオが⁉」

「うん、おじい様の歯ができたら固いものを食べてもらおうって思ってさ」

「おお、おおおおお⁉」

爺さんはまたわなわなと震えだした。

「マテオが作ってくれたのか？」

「うん。お煎餅とどっちがいいかって迷ったけど、こっちの方がいい素材が手に入れることができたから」

「そうかそうか」

「はい、おじい様。あーん」

俺はそう言い、スルメイカを手に取って、ゲソを一本ちぎって爺さんに差しだした。

爺さんは感動した様子でゲソにかじりつき、もぐもぐと咀嚼した。

しばらくの間、部屋の中には爺さんの咀嚼音だけがあった。

俺もダガー先生もローラも、三人で爺さんの反応を見守った。

やがって、爺さんはゴクン、とゲソを飲み込むやいなや。

「すごい！　すごいのじゃマテオ！」

「おじい様？」

「全く問題なく噛めるのじゃ！　こんなに美味しいものを食べたのは数十年ぶりなのじゃ！」

「本当？　よかった」

俺はダガー先生の方を向いた。

ダガー先生は成功したことに「当然だ」といわんばかりの表情をしていた。

「最高の歯で噛みしめるマテオ手作りのスルメイカ……生きててよかったのじゃ……」

爺さんは盛大に感涙した。

ぽろぽろと大粒の涙を流して、めちゃくちゃに大げさな様子だった。

さすがにちょっと大げさすぎるぞと、それを止めようと口を開きかけた瞬間——。

「マテオや、これは数を作れるのか？」

「え？　歯のこと？　うん、そんなに難しくないよ、歯そのもの自体は」

「よし、決めたのじゃ。この歯を領内の老人全員につけてやるのじゃ」

「え？　全員？」

「そうじゃ。つけることを義務にしてやるのじゃ」

「ぎ、義務」

俺は驚いた。

爺さんが感動してそれを広めようとしてくるであろうことは予想していたのだが、まさか

「義務」にするとは予想の少し斜め上をいってくれた。

オノドリムが言うように、健康な歯のおかげでみんなの寿命(じゅみょう)が延びそうで、俺はちょっとだけ嬉しくなった。

172 当然の行い

「では早速やってくるのじゃ！」

爺さんはそう言って、元気に部屋から飛び出していった。

心なしか歯をつける前に比べて動きが若返ったような気がする――気のせいかな。

そんな爺さんを見送った後、ダガー先生がぽつりと言った。

「治療はそれでいいけど、予防はどうしたものか」

「予防？」

「歯をなくさないようにする予防だ。端的に言えば歯磨きだな。貴族と庶民では歯を保っていられる割合が少ないだろ？」

「あ、うん。そうだよね」

それもまた、俺にはよく分かる話だった。

マテオになる前世は歯磨きよりもその日暮らしだった村人で、マテオになって爺さんに拾われてからは、毎日の朝晩にメイドのお手伝いで歯磨きができる貴族。

周りの村人と、周りの貴族。

両方見比べるとやっぱり貴族の方が歯が残っている確率が高い。

例えば喧嘩で折ってしまったとか、他にも原因はあるけどやっぱり歯磨きはかなり重要な予防だっていうのが二回分の人生でよく分かる。

「じゃあ歯磨き——のための、歯ブラシを多く作ればいいのかな。なんとかなるのかな……?」

俺は歯ブラシの量産、大量生産について考えた。

歯ブラシは主に豚の背中の毛を使っている、しかし村人時代も含めて、全ての豚の毛が持っていかれたのかと言われればそういうわけでもない。

つまり豚の毛そのものはかき集めれば全然手に入る。

問題はそれを作る職人か——。

「問題は庶民の意識だな」

「え?」

ダガー先生の呟きに驚いた。

俺とは全く違うことを考えているようで、しかもそれがどういうことなのか聞いてもピンとこないものだった。

「それってどういうことなの?」

「歯ブラシはそこそこの値がはる」

「う、うん」

「その歯ブラシを作って、配ったとして。もらった庶民はどうする？」

「どうするって、歯ブラシなんだから歯を――」

そこまで言いかけて、ハッとした。

前世の自分が急に頭の中に顔を出してきた。

村人だった自分が仮に高価な歯ブラシをもらったとして。

それを使って歯を磨いた方が健康で長生きできるよ、と言われたとして。

そうであっても、たぶん村人の俺は――。

「売って生活費にしちゃう、かな」

「正解だ。十中八九（じっちゅうはっく）そうなる」

「それは……困るね」

「そうだ。歯の方は手術して埋め込むわけだから簡単に抜いて転売できないし、そこまでする人間はまだ別次元の問題を抱えている。それとは違ってもらった道具は簡単に転売することができてしまう」

「うん、問題だよね。どうしよっか……」

これはどうにかしたかった。

ゴールが見えてて、前後の道もちゃんとしてて。

後は見えている障害一つだけという状況だから、それをなんとかしたいと思った。

思ったけど、村人経験があって自分もそうするだろうなって思うだけに、中々いい方法が思いつかないのだった。

☆

「神がお困りだと聞きました」

夜、リビングにて。

ひとまず帰ったダガー先生とほぼ入れ替わるようにして、ヘカテーがやって来た。

若返った幼げな容姿のヘカテーは、アンバランスにも見えてしまうほどの敬虔な表情で俺の前に立った。

「お困りって……え？　もしかして」

「はい、歯ブラシのことでお困りだと聞きまして」

「誰から聞いたの？」

俺は驚いた。

そのことを誰かに話した記憶はない、というか今日遭遇したばかりの課題だ。

　だから誰にもまだ話していない、なのにも拘わらずヘカテーはそのことでやって来た。

「神の使徒として、常に神の御心に寄り添いあい、神に尽くすことを心がけています」

「それで分かっちゃうの？」

「はい」

　ヘカテーはまっすぐ俺を見つめたまま、迷いなく、かといって力むこともなく。

　本当に淡々と、当たり前のことを言ってるような感じで返事してきた。

　正直それでちょっと困ったが、ヘカテーがあまりにも当たり前のように言うもんだから、それが当たり前のことなんだと思ってしまった。

「えっと……ありがとうね」

「もったいないお言葉」

「それで、ヘカテーが来たってことは、何か方法があるってことなの？」

「はい、ございます」

　これまたはっきりと言い切ってしまうヘカテー。

　あれこれ考えても答えが出なかったから本当なのかと疑ったけど、ヘカテーの性格上できないことをできる――しかも神だと思っている俺にそう言ってくることはないはずだ。

　本当に何かあてがあるんだろうなと思った。

「どうするの？」

「いつも通りでございます」

「いつも通り？」

「はい、私たちにはいつもの通りでございます」

「えっと……よく、分からないんだけど」

「神は人々のことを思い、歯を大事に保てと仰せになった」

「えっと……うん」

ちょっと引っかかるところもあるが、ヘカテー視点だと確かにそういう言い方になるよなと受け入れた。

「神のお告げでございます、人を慈しみ愛する大御心でございます。であればルイザン教総出で布教するのが筋であり、使命であり、幸福でございます」

「えっと……うん」

返答に窮して、同じセリフを一言一句呟いてしまう形になった。

これまたヘカテー視点では当たり前のことだから何も言えなかった。

本当に何も言えなかった。

これが変なこととか何かの私利私欲とかだったら話は別だったんだが、今回はみんなを健康にしたいというのが目的で、それがヘカテー変換で「人を慈しみ愛する」だから何も言えなかった。

「ですので、神のお告げを広める許可をいただきたく参上致しました」

「……本当に、広められる？」

そう、ヘカテーに確認した。

何も言えないのは結局のところ俺の感情の問題だから、それを一旦忘れることにした。

ヘカテーはまっすぐと俺を、迷いのない眼差し（まなざ）しで見つめて。

「はい」

頼もしく感じるほどの迷いのない口調で言いきったのだった。

173 信者だからコストゼロ

「本当に……それをしてくれるの？」

俺は恐る恐る、といった感じでヘカテーに聞き返した。

大聖女ヘカテーが率（ひき）いる世界最大の宗教、ルイザン教。

そのルイザン教が全力をあげて協力してくれるのなら、間違いなく広がって人々に受け入れられる。

それだけに、「本当にやってくれるのか？」という気持ちが大きかった。

が、それはどうやら心得違いだったようだ。

「是非（ぜひ）、させていただく」

ヘカテーはそう言い、また静々と頭をさげた。

ここで言葉の微妙なニュアンスの違いに俺は気づいた。

「させて……いただく？」

「歯を健康に保て、は神のお望みであると認識しております」

「そうだね」

「神のお望みとあれば総力をあげて地上に棲まう人間全てに広めるのが我々の使命。その許可を何卒いただきたく」

「えっと……じゃあ、お願いしていい？」

「有り難き幸せ……その」

「うん？」

ヘカテーの表情が変わった。

さっきまではいかにも神に仕えている大聖女って感じの表情だったのが、一変してもじもじと、何か言いたげだが言い出しにくそうな年頃の女の子って感じの表情に変わった。

ヘカテーは元々三〇〇歳を越える大聖女様、そんな彼女がこんな表情をするのはかなり珍しいことだ。

「どうしたのヘカテー。何か困ったことでもあった？　僕にできることならなんでもするよ」

「そんな！　神の手を煩わせるほどのことは――あっ、その、神に……その……」

言いかけたところで、自分の言葉のどこかに引っかかるポイントがあったのか、ヘカテーがよりもじもじしてしまった。

こりゃ本格的に何かがあるなと、そして彼女の口から言い出しにくいから、こっちが背中を押してやらなきゃなと確信した。

ないお言葉！」

「そんな！　神にそうおっしゃっていただけるなんて！　あまりにも――あまりにももったい

「話してよ、僕はヘカテーの力になりたいんだ」

「は、はい！」

「ヘカテー」

ヘカテーはそう言い、感極まった様子で身震いしだした。

「大げさだなあ。それよりも一体なんなの？」

「あっ！　大変失礼致しました。実は、神がここしばらくのあいだ、いくつかの神跡をお示しになられましたため、各地から神への捧げものとその申し出が例年に比べて三倍に増えております」

「そうなんだ」

そんなことになってるなんて思いもしなかった。

「もちろん、そのようなことでいちいち神のお手を煩わせるわけには参りません。ただ、いくつかの『もしや』と思ったものを、私が実際に自分の目で確認したところ、その中の一つに是非、神に召し上がっていただきたいと思うものがございました」

「えっと……つまり、それを僕に食べさせてくれるってこと？」

「はい、是非召し上がっていただきたいです」

「嬉しいな」

俺は素直に思った。

ヘカテーは色々と忙しいはずなのに、それでも自分で出向いてまで何かを持ってきてくれたのが嬉しかった。

「是非食べさせて」

「ありがとうございます。ではこちらに運び入れてもよろしいでしょうか」

「うん、もちろん」

俺が頷く（うなず）と、ヘカテーは俺にまず一礼してから、部屋の入り口の方に向かっていった。

ドアを開き、廊下（ろうか）に半身を乗り出して何か合図を送った。

しばらくして、数人の男が何かを持って部屋に入ってきた。

男は四人、いずれもルイザン教の法衣を纏（まと）っている。

そこまではいいけど、そこから先が異常だった。

四人はいずれも樫（かし）で作られた杖（つえ）を持っていて、それを四人が囲んでいる中央に向かって突き出している。

突き出した杖から魔力が放出されていて、その魔力に支えられるような形で木箱が一つ、四人の間で浮かんでいる。

俺がそれを不思議に思っていると、ヘカテーが俺の側に戻ってきた。

「お待たせ致しました」

「えっと……これは？　なんでこんな大げさなことをしているの？」

「神に召し上がっていただくものでございます。収穫した瞬間から一切、人間の手に触れないように輸送してきました。もちろんこの箱も——」

ヘカテーはそう言い、浮かんでいる木箱に近づき、手をかざして何かを唱えた。

次の瞬間、木箱がばらばらになった。

ばらばらになった木片は、その裏側に呪文らしきものが刻まれていた。

そこまでして持ってきた箱の中身はリンゴだった。

綺麗で美味しそうなリンゴだけど、やっていることの大仰さに比べたら普通すぎる感じがしてしまう。

「そ、その箱は？」

堪りかねてヘカテーに聞いた。

「外部からの空気や湿気、さらには魔力などの影響を一切受付けない簡易的な結界でございます」

「ええ⁉」

「これにより限りなく実っていた時の状態を保って運んで参りました。あっ！　摘果は私自ら、沐浴と祈禱の後に誠心誠意つとめさせていただきました」

「大げさすぎるよ！　なんでこんなことをしたの？」

「鮮度が命、とのことでございましたので。収穫した瞬間にグングン鮮度が落ちるため、果樹ごと輸送する方法も考えましたのですが――」

「それこそやり過ぎだよ！」

声が裏返るほどに突っ込んだ。

やり過ぎなのも怖いが、一番怖いのはヘカテーをはじめ、今でも魔力でリンゴを空中に保ったまま――人の手に触れないように空中に浮かしたままの四人も全く当たり前のように振る舞っているのが怖かった。

「それでは神、これより召し上がっていただくための調理をさせていただきたいのですが、よろしいでしょうか」

「あ、うん。それはいいけど…………何か特別な調理法がいるの？」

改めてリンゴを見た。

こうしているとただのリンゴにしか見えないが、ヘカテーがものすごく真剣だから、何かあると感じてしまう。

そしてそれは正解だった。

「はい。摘果してすぐある処理をした場合に最高の味になるとのことでございます。私が確認済みです」

「そうなんだ。それってもしかしてすごく大変なこと？」

「いえ、凍るほどの冷水に浸すのみでございます」

「冷水？　リンゴを？」

不思議そうにしていると、ヘカテーがさらに動いた。

あらかじめ頼んでいたのだろうか、メイドの二人が入ってきた。

二人はそれぞれ水の入った容器を持っていて、片方はヘカテーが言ったように氷が入っている。

じゃあもう片方は？　と思っていると、ヘカテーは徐にそこに手を入れて、目を閉じてぶつぶつ何か言い出した。

神に祈りだしたのだ！

そうやって手を清めてから両手でリンゴを包み込んだ。

男たちと同じことをしているんだろうか、ヘカテーはしっかりと手を清めたのに、直接触れることなく両手で「浮かす」ように持って、そのリンゴを冷水の容器に入れた。

冷水に浸かった途端、リンゴが変わった。

それまでは普通のリンゴだったのが、みるみるうちに黄金色に変わっていく。

「すごい」

「イドゥンの黄金リンゴでございます」

「茹でたり冷やしたりすると色が変わる野菜や果物って多いけど、こんな風に綺麗に黄金色に変わるのって珍しいね」

「目安として収穫してから一分以内に氷水で冷やせば、三分ほど黄金色を保てるとのことです」

「……これのためにヘカテーが自ら行ってきたの？」

「はい、魔力の扱いに長けた者を一二〇人ほど随行させ運搬致しました」

「やり過ぎだよ！」

またまた突っ込んでしまう俺。

こんなリンゴ一つのためにどんだけ人員を投入したんだよって思ったけど、よく考えたらある意味ヘカテーらしいと思った。

俺を溺愛する人間組だと、皇帝であるイシュタルは権力を、爺さんは主に金を、そしてヘカテーは今みたいに信者というマンパワーを使ってくることが多い。

自分が持つ力で俺を溺愛するヘカテーはある意味通常運転だと、少し考えて納得した。

リンゴは新鮮で美味しかった。

174 食べるだけでいい

「マーテオやぁぁい！」

「うわっ！」

リビングの中で本を読んでいると、いきなり現れた爺さんが俺を抱き上げた。

そのままハイテンションで頬（ほお）をスリスリしてきた。

「お、おじい様!?」

「おおっ、今日もマテオはかっこかわいいのじゃ」

「か、かっこかわいい？」

爺さんらしからぬ若々しい言葉を使ってきたことに俺はちょっと驚いた。

「そ、それよりも降ろしておじい様」

「うむ。今日は何を読んでいたのじゃ？」

「あ、うん。えっとね、歯ブラシのこと」

「歯ブラシのこと？」

俺を降ろした爺さんは、俺が持っていたままの本を覗き込んだ。

「どんな道具でもそうなんだけど、歯ブラシも最初から今の形じゃなかったはずなんだ。だから歯ブラシの歴史が分かればもっといいものが作れるんじゃないかなって思って、それで調べてたんだ」

「おおっ！　さすがマテオ。うんうん、それが成功者や開拓者に共通する考え方なのじゃ」

「あはは……」

いつものように俺を褒めちぎる爺さん。

何か結果を出してる時はともかく、「考え方」だけで褒められるとかなりむず痒い。

「それよりもおじい様、今日は何かご用？　なんだか普段よりほんのちょっとテンションが高かったんだけど」

俺は思ったことを聞いてみた。

さっき俺を抱き上げた時のテンション。

いつも通りといえばいつも通りだけど、普段よりちょっとだけテンションが高いような気もした。

それが気になって爺さんに聞いてみた。

「おおっ！　分かるかマテオ」

「あっ、やっぱり何かあったの？」

「うむ！　マテオのおかげで久々に干し芋を食べられたのじゃ」

「ほし、いも？」

俺はちょこんと、首をかしげてしまった。

いっちゃなんだが爺さんはかなり偉い人、公爵の中でもかなり上の位の偉い人だ。

当然持っているお金もたくさんあって、元村人感覚だと好きなものを好きなだけ食べられる人間だ。

そんな爺さんが干し芋を食べた。

しかもそれを「俺のおかげ」だと嬉しそうに言ってくる。

どういうことなんだろうかと疑問が高まる。

「もう二十年前にもなるかのう」

「へ？」

爺さんが懐かしむような、それでいて芝居がかったような口調で喋りだした。

違う意味できょとんとなった。

「ある日、わしは大好物の干し芋を食べていたのじゃが、それまではなんの問題もなく食べられていた干し芋に歯を持っていかれたのじゃ」

「歯を持っていかれた、って……」

「言葉通りの意味じゃ。くっついて持っていかれ、それで歯が取れてしまったのじゃ」

「あっ……」

爺さんの言う通りの、「言葉通りの意味」がちょっとお間抜けで、それだけに余計に悲しかった。

干し芋に歯を持っていかれた。

格好良いんだか格好悪いんだかよく分からない感じが余計に悲しさに拍車をかける。

「そこでじゃ！」

「うわっ」

前置きのない爺さんの力説にちょっとびっくりした。

「マテオに歯を作ってもらったからリベンジに食べたのじゃ。全く取れる気配がなくて最高だったのじゃ」

「そうなんだ。よかった」

「これもマテオのおかげじゃ。また好きなものを好きなだけ食べられると思ったら、わしは嬉しくて嬉しくて」

「あはは。うん、オノドリムもきっとそれだから寿命が延びるって言ってくれたんだろうね」

爺さんの喜びようを見て、歯をなんとかして本当に良かったと思う。

爺さんってのは元気そうに見えてても、生きる気力を失った瞬間にぽっくり逝くもんで、逆に生きる気力が漲ってる老人は本当にいつまでも生き続けることが多い。

爺さんがこうしてテンションを上げてくれたのが本当に良かったと思う。

「でも、干し芋で歯を持っていかれてたなんて」

「うむ！　あれには行き場のない怒りがほとばしったのじゃ」

「そりゃ行き場もないよね……」

俺は苦笑いした。

歯を持っていったのが干し芋じゃ、本当に誰に怒っていいのか分からなくなってしまう。

「本当にそうじゃ！　持っていくのは歯の汚れだけでよい！　とか、いまにして思えば行き場のない怒りで変なことを思っていたのじゃ」

爺さんはそう言い、かっかっかと笑った。

俺も笑った。

「あはは、そうだよね。食べる度に歯の汚れをくっつけて持ってってくれるなら、食べるだけで歯磨きができるってことだから楽だ……よ、ね……」

「うむ？　どうしたのじゃマテオ」

最後のあたりで、脳裏に白い雷が突き抜けていくような何かを閃いたせいで、言葉が尻すぼみになっていった。

それを爺さんが不思議そうにまた顔を覗き込んできた。

俺は考えた。

脳裏の閃き(ひらめ)を形にして、言葉にまとめて。

まずは、上手(うま)く説明できるようにまとめた。

「おじい様の言う通りだと思ったんだ」

「うむ？　わしの言う通り？　マテオがかっこかわいいことか？」

「違うよ!?　そうじゃなくて」

声が裏返ってしまうほどの勢いで突っ込んでから、落ち着いて説明する。

「何かを食べて、ついでに歯の汚れを取るものを作れないかなって」

歯ブラシを大量に作っても歯磨きをしない人はしない。

それよりも「食べるだけで」歯の汚れが取れるのならそうした方がいい。

何するだけで――という形にできるのが一番だと思った。

175 海神の聖水

あくる日の昼下がり、自分の部屋にて。

俺は呼び出したヘカテーと向き合っていた。

自然体で座っている俺に対して、ヘカテーはいつものように「ビシッ」としている。

「お呼びでございますか、神」

「うん、ヘカテーにちょっとお願いがあるんだ」

「なんなりと」

「これも歯の話なんだけどね」

俺はまず、爺さんの干し芋のエピソードを話した。

「おじい様はそれで歯が取れたと言ったんだ」

「分かります。年寄りとはそういうものでございます」

「ヘカテーも昔はそうだったの？」

「はい。もう詳細は覚えていませんが、なんらかの根菜の咀嚼中に折れたことがございます」

いろんな場面で前世の記憶を生かしてきた俺だが、老人にはなったことがないからこの手のエピソードは共感できるものがなかった。

「それでね、干し芋で思いついたんだけど、何かを食べるついでに、その食べものが歯の汚れをくっつけて取ってくれた方がいいかなって。そういうものの方が広まると思うんだ」

「……」

「ヘカテー？」

ヘカテーがいきなり黙り込んでしまったので、ちょこんと首をかしげて名前を呼んだ。

まずは驚き、それからわなわなと震えだしたヘカテー。

やがて陶酔しきった瞳と、感極まった表情に変わった。

「おおっ、なんという……なんという神のお慈悲」

「へ？」

「そこまで人々のことを考えてくださるなんて」

「え？　いや、大げさだよヘカテー」

「そんなことはございません！　ああ！　この神の大御心を今すぐに満天下に知らしめたい！」

「それはやめてね。それよりも、そういうものを探したいんだ」

「はい！」

「でもね、これはオノドリムのことで学んだんだけど、今までそういうのを使っていなかったから『そういうのある？』って聞いて回ってもたぶんみんな答えられないと思うんだ」

「おっしゃる通りだと思います……」

「だからね、ちょっと変えて、美人が多い土地、みたいな感じで歯の綺麗な人が多い土地、だったら聞いて分かると思うんだ」

「なるほど！」

いかにも目から鱗が落ちた！　って感じでハッとするヘカテー。

「そういう土地だときっと何かしらの要因があるはずだから、そこに行って探す。だからね、ヘカテー」

「はい」

俺が見つめ、改めて、って感じでヘカテーの名前を呼ぶ。

それを理解して、ヘカテーもビシッと背筋を伸ばして、俺の本題を待ち構えた。

「それをヘカテーにお願いしたいんだ。信徒のみんなに歯の綺麗な人が多い土地はあるのか？　って聞いてほしい」

「お任せを！　その程度のこと造作もございません！　すぐにでも」

「お願いね。あっ、ないものはないでしょうがないから、無理強いはしないでね。そういうことじゃないから」

「かしこまりました」

ヘカテーはそう言い、ペコリと一礼して部屋から出ていった。

☆

海の中、女王の玉座の前。

海の中にやって来た俺は、人間よりも遥かに巨体な人魚の女王と向き合った。

目の前には女王はもちろん、他の人魚たちもたくさんいる。

ここでも好意を持たれているが、ヘカテーのかしこまったものとはちょっと違って、人魚たちのはもうちょっとフレンドリーというか、親しみのこもった好意だと感じる。

そんな女王に、俺は歯の話をした。

「歯……ですか」

人魚の女王はちょっとだけ困ったような表情をした。

「どうしたの？」

「いえ、我々には人間と違って、歯を清潔にするという考え方がありませんので」

「え？　歯を磨かないの？」

俺はちょっと驚いた。

女王を見て、それから周りの人魚たちを見た。

歯を磨かないのに大丈夫なのか⁉　って驚きで慌てて見回したが、女王も人魚たちも全員、歯が白くて綺麗だった。

「歯を磨かなくても綺麗でいられるの？　あっ、もしかして歯がいつも生え替わるとか？」

俺はポン、と手を叩きながら聞いた。

イシュタルと爺さんが大量に集めた本の中に、一部の魚類はちょこちょこ歯が生え替わるみたいな話があった。

それなのかと思った。

「いいえ、私たちの歯は生え替わりませんわ」

「え？　じゃ体質？」

「いいえ、それも違います」

「じゃあ……あっ、ここ海の中だから、いつも水の中だから」

もう一度ポン！　と手を叩いた。

人魚の加護、海神（わたつみ）の力。

その二つで俺は普通に海の中にいられるが、よくよく考えたらここは海の中、水の中なのだ。

水の中ということで、人魚たちは常に口をゆすいでいる状態だから歯が綺麗なのかと思った。

「そうですけど、ちょっとだけ違いますわ」

「ちょっとだけって？」

「海神様のおかげですわ」

「海神の？」

ここで海神がどう絡んでくるのか不思議になった。

「はい、海神様がおわしますこの一体は、海神様に触れた海水が海神様の力を帯びた水——人間で言うところの聖水となりますわ」

「へえそうなんだ……」

「私たちは常に海神様の聖水を浴びています、それで歯も綺麗でいられるのですわ」

「やっぱり……」

人魚たちは常に海神の聖水を浴びているから綺麗。

ヘカテーに言った方向性は間違っていなかった。

歯が綺麗な人が揃う土地に、その理由になる特別な何かがある。

それが女王の言葉でより一層確信した。

176 神の涙

「その聖水ってどうやって作られるの？」

俺は女王に聞いた。

人魚じゃない人間に使えるかどうかは分からないけど、まずは作ってみて、それで試してみたいと思う。

だからまずは聖水の正体を、と思った。

「作り方は存じ上げませんが」

「が？」

「昔から『海神の涙』とも呼ばれていました」

「海神の涙……泣けばいいの？」

「そこまでは……本当に涙そのままなのか、それとも涙で喩えられているけど別の何かなのか」

「あはは、よくあるよね、そういうの」

古来より、多くの人は「涙」に美しさを見いだすことが多い。

それはシチュエーションであったり、あるいは純粋に光を反射しての現象だったりと。

理由はいろいろとあるが、「涙」というのはいろんな時代のいろんな言葉で美しさを表現する言葉として使われる。

だから女王が本当に涙かどうかは分からないというのも頷(うなず)ける。

「とにかく試してみよう」

「はい」

女王や他の人魚たちを待たせて、俺はさっと海神ボディに乗り換えてきた。

「おまたせ」

「いいえ！　とんでもありませんわ！」

さっきまでは割と普通に——普通に親しみを込めての接し方だったけど、海神ボディに乗り換えてきた瞬間、女王を含め人魚たちの目の色が変わった。

目の形がハートマークに見えてくるような、それくらい熱烈な視線に変わった。

やっぱり人魚たちにとって海神は特別な存在なんだなと、それを再認識しつつ問いかけた。

「海神の涙、という名前以外で知ってることはある？」

「すみません……それ以上のことは……」

女王が意気消沈した。

敬愛する海神の問いに答えられなかったことに落ち込んだ。

「ううん、気にしないで。念の為に確認してみただけだから」

「はい……」

「それならいろいろ試してみようかな。もしこの体からとった出汁、みたいなものだったらちょっと笑っちゃうけど」

女王の気持ちが少しでも楽になるように軽口を叩いてみた。

ちょっとだけ本音でもある。

もし本当に料理の出汁みたいなものだったら本気でちょっと面白いと思った。

「じゃあ……無難だけど、『海神の涙』ってことだから、涙をちょっと出してみようかな」

「涙を……自在に出せるのですか？」

「たぶんね。海神の体だと液体の操作が思った以上にできてしまう感じなんだ」

「たしかに！」

女王は目を見開き手を合わせて、めちゃくちゃハッとしたような表情をした。

「じゃあ――」

なんとなくのかけ声をして、海神ボディの内側に意識を集中した。

涙を出すように意識する。

人間の時は全くできなかったことだが、海神の肉体はそれが簡単にできた。

でもちろん滝なんて程遠いもの。

それが違った。

海神の目から出た涙は文字通り「滝のような」涙だった。

めちゃくちゃ大量に流れる涙に女王は悲鳴のような声を上げたわけだ。

「わ、海神様。大丈夫なのですか⁉」

「うん、大丈夫っぽい。というか全然平気」

「そ、そうなのですか」

「さすがに多いからちょっと止めて――と。大体樽一つ分くらいかな」

海の中で流れ出た涙は地上の時とは違って、体の前――腹のあたりで一塊に纏まっていた。

まるで水の中に垂らした油のように、水とは交わらずに一塊で存在していた。

「さて、これを使ってお試し――なんだけど……」

俺は女王を見た、周りの人魚たちを見た。

女王たちは一様にきょとんとした表情で俺を見つめ返した。

「どうかしたのですか？」

「うん、お試しをしたいんだけど、みんなの歯は綺麗だから試せないなって」

「あ……すみません……」

「ううん、いいことだから」

そう、オノドリムの気づき以降、歯が綺麗なことは純粋にいいことだと思うようになった。

それで役に立てないから申し訳ないと女王たちは感じているが、そんな必要は全くないぞと慰めた。

「他で試してくるね」

そう言って俺は、海神の涙を持って水間ワープでその場から離れた。

飛んだ先はヘカテーの屋敷だった。

屋敷の中、元々はパーティーとかの集まりに使うであろう大広間。

その大広間の中央に噴水があった。

室内なのに噴水だ！

「また進化してる……」

俺は苦笑いした。

元々俺が水間ワープで飛びやすいように、ヘカテーの屋敷とかよく行くところは「水」を絶やさないようにしてくれた。

ヘカテーの屋敷もそうで、元々は樽とかそういうもので水を張っておいていたのが、次第にオブジェクト化して、それが加速して屋敷の大広間に噴水ができた。

前に来た時から噴水になったが、その噴水の周りにさらに石像がオブジェクトとして増えている。

なんというか……ああ、うん。

威厳とかそういうのが増しているんだと、そうしようとしているんだと理解した。

ヘカテーの屋敷だし好きにすればいいと思うけど、そろそろなんか恥ずかしくなってくるぞと思った。

「ようこそおいでくださいました」

「ヘカテー？」

声に振り向くと、そこにヘカテーがいた。

「この部屋にいたの？」

「いいえ、神が降臨された時は分かるようにしております」

「そうなんだ」

「本日はどのような御下知(おげち)でございますか？」

「あ、うん。実はね――」

俺は持ってきた水の塊(かたまり)、空気の中にあっても海神の力で纏めたままの海神の涙のことから話した。

「それで、これを試してみたいんだ」

「かしこまりました。丁度適任者がございましたので」

「適任者、いるの？」

「はい、こちらも神の教えを広めるべく、その対策のために歯の汚い者を集めていましたので」

「あ、そうだよね」

ヘカテーがそうしようとしていることを思い出した。

たしかに今ならそういう人間を多数集めていても何も不思議はない。

「では、神の涙を一度お預かりします」

「うん」

俺は頷くと、ヘカテーは手をあげて合図を送った。

部屋の外から一組の男女が入ってきた。

顔はなんとなく知っている、ヘカテーの部下というか、下級使徒にした人たちだ。

その二人は容器を持ってきて、俺から海神の涙を受け取った。

「では一旦失礼致します。すぐに試して参ります」

「うん。僕は行かなくていいの？」

「テストには歯の汚い者を使います。現状、神がその者たちの前にお姿を見せるのはよくないかと」

「あはは、それもそうだよね」

俺は納得した。

ルイザン教に歯の大事さを広めてもらっている最中だ。

信徒からすれば「まだダメ」な人間の前に神が姿を見せるのは良くない、というのはすごくよく分かる考え方だ。

ヘカテーにそう言われて、ならば完全に任せようと思った。

ヘカテーはその二人を引き連れて、もらった海神の涙を持って外に出た。

その場でそのまま待機した。

たぶんすぐに結果が出るだろう。

口の何かと液体の何かだから、飲むか濯ぐくらいしかやれることはなくて、どっちでもすぐに結果が出そうな感じだ。

だから少しの間待った。

その推測は当たって、三分とたたないうちにヘカテーが戻ってきた。

「お帰りヘカテー。あれ？　後ろのみんなは？」

部屋に入ってくるヘカテーの後ろには数名の信徒がついている。

服装からしてたいして上位の者でもないが、一般信徒ってわけでもない。

組織の中間にいるくらいの感じの信徒たちだ。

ヘカテーはそれらを引き連れて戻ってきた。

なんでまた――と思っていたら事態が急変する。

「ヘカテー⁉」

なんと、ヘカテーは信徒を引き連れて、俺の前にやって来るなり全員で一斉に跪(ひざまず)いたのだった！

177 本物だからこそ

「神よ」「神よ！」「おお神よ‼」

ヘカテーと一緒にやって来た信徒たちが神と連呼して、俺に向かって平伏した。

最初は驚いたが、少し落ち着いてすぐに理解した。

俺はヘカテーに確認した。

「効果があったの？」

「はい。これはまさしく神の奇跡、神が我々に与えたもうた恵み」

「ということは、口を濯いだだけで綺麗になったのか」

「おっしゃる通りでございます」

「うん」

俺は頷き、考えた。

「じゃあ、これがあった方がヘカテーたちは嬉しいってことだよね」

「おっしゃる通りでございます」

「……もっと都合がいい方法があるんだけど、どうかな」

「もっと都合が……?」

ヘカテーはきょとんとした。

平伏していた信徒たちも、顔をあげて不思議そうに俺のことを見ていた。

☆

「ここだね」

ほとんど光のない、暗闇に近い洞窟(どうくつ)の中。

俺はヘカテー、そしてオノドリムと一緒に来ていた。

魔法で明かりを灯し、オノドリムに頼んで案内してもらったのは洞窟の開けた空間で、ちょっとした泉のあるところだ。

「ここがさっき行った湧き水に繋(つな)がってるの?」

「うん。ここから先だと表の雪とかだけど、一回ここに溶けたのが集まって、それで地下水脈を通ってあそこに繋がってるよ」

「そっか。ありがとうオノドリム。すごいよオノドリム」

「ふふん、これくらい簡単簡単」

オノドリムは胸を張って、嬉しそうに言った。

俺がオノドリムに頼んだのは、「変哲のない農村にある湧き水の水源地を教えてほしい」というものだった。

湧き水の水源という、今までにオノドリムから教えてもらったことに比べればささやかで、いかにも大地の精霊らしい情報。

それでもオノドリムがいなかったら難しかった情報だからすごく有り難かった。

「神よ、このようなところになぜ……？」

「ちょっと見ててくれる？」

「はい……」

困惑するヘカテー。

俺はポケットから一枚の皮コインを取り出して、親指で弾いた。

空中でぐるぐる回った後いつものように膨らむ。

もとの姿に戻ったのは——。

「神？」

マテオではなく海神の姿だった。

「うん、前の時の要領で、というかまたちょっと改良して作った海神の体の皮なんだ」

「そうなのですか」

「これをね——」

説明しつつ、海神の皮と並走して泉の前に立った。

立ち止まった直後、海神の皮から滝のような涙が流れだした。

滝のような涙は泉に流れ込む。

「神⁉」

「あっ、ごめん説明してなかったよね。渡したあれ、実は海神の涙っていう名前のものなんだ。正体は見ての通りこんな感じのもの」

「神の涙……」

ヘカテーは言葉を失った。

悪感情ではないようだ。

彼女との付き合いも長くなってきて、なんとなく分かってきた。

今の彼女は、信仰心と感動が同時に高まってそれが混ざり合った時の表情をしている。

一言で言えば「神よありがとう！」の無言バージョンだ。

「で、それをここに流す。そうなるとどうなると思う？」

「……先ほどの湧き水から出る」

「うん——そうだよねオノドリム」

「もちろん！　普通あそこにいくよ」

念の為に確認して、大地の精霊からもさらにお墨付きをもらった。

村人時代何度か見てきた光景だ。

その辺にあったただの湧き水が、なんかの拍子で病に効くと噂が流れて一気に名勝になったことが俺の知っているだけでも二回あった。

「つまり、あの湧き水はこれから――」

「神の奇跡の泉になる！」

ヘカテーは興奮した様子で俺の言葉を遮った。俺は静かに、微笑んだまま頷いた。

どうやら目論見が伝わったようだ。

このあたりは貴族の知識じゃ中々身に付かなかったであろう、村人の知識。

ただの湧き水が神聖化していくのを実際に見てきたからこそ出てきた発想だ。

実際、二回のうち一回は最終的に教会が絡んできたこともあった。

「湧き水からの方がヘカテーたちも嬉しいでしょ」

「はい！　より信徒たちに広めやすくなります！　さすが神！　我々の価値観にも寄り添ってくださった奇跡を……この気持ちはとても言葉では言い表すことができません！」

「あはは、僕もそんなに価値観が分かるわけじゃないよ。実際どうなのかな」

一度そこで言葉をきって、より真剣に、と意志を込めてヘカテーに聞いた。

「もうある――神殿？　とかに湧き出るのと、ああいう森とか山とかの何もなかったところに湧き出るのと。同じ効果でもどっちがありがたいものなの？」

「神には恐れ多いことですが、人間の価値観ですと」

「うん、それを教えて」

「いかようにも、でございます」

「どういうこと？」

「今回は神の奇跡、神の御力が本物でございますので、いかようにも解釈できます。辺境の地も神は見放さず慈愛(じあい)を届けてくださると」

「あ、そうなんだ。じゃあ実はどっちもでいいんだ」

俺はちょっと苦笑いした。

ちょっと考えすぎだったのか、と思った。

「はい。神の御力、奇跡が本物だったからこそでございます‼」

ヘカテーはほとんど同じ言葉を繰り返して、力説してきた。

いまにも顔が迫ってきそうな勢いだ。

「そうだよね、マテオがすごいからどっちでもいいんだもんね」

「おっしゃる通りでございます」

オノドリムのまとめにヘカテーが同意した。

うーんそれでいいのかあ、とちょっとだけ苦笑いしてしまうのだった。

178 皇帝として当然のこと

あくる日の昼下がり、屋敷のリビング。

朝食後、今日は何をしようかなと考えていた時だった。

「ご、ご主人様！」

メイドのローラが慌てて駆け込んできた。

「どうしたのローラさん？　そんなに慌てて」

「へ、陛下がお見えになられました」

「そうなんだ、じゃあお通しして」

イシュタルが来たのか。

朝早いけど、何か緊急な用事とかできたのか？

などと、のんきにそんなことを考えていると。

「違うんですご主人様！」

「え？　何が違うの？」

「陛下です！　陛下がお見えです！」

「うん、分かってるよ」

「陛下がお見えなんです！」

まるでおうむのように、同じ言葉を何度も何度も繰り返してしまうローラ。

繰り返すだけでなく、めちゃくちゃ必死になって訴えかけてきている。

なんだろう、一体どうしたんだろう。

なんでそんなに必死なんだろう、と不思議がっていたら頭の中に白い雷が突き抜けていったような、ある考えがよぎった。

食後ソファーに座っていた俺が思わず立ち上がってしまった。

「陛下なの？」

「はい！　陛下です！」

「えっと……じゃあ、すぐにお通し——じゃなくて、僕が玄関まで出向いた方がいい？」

「は、はい！」

「その必要はないぞマテオ」

声のした直後に、ローラが飛び込んできた後、開けっぱなしのドアからイシュタルが現れた。

いや、皇帝が現れた。

いつも会っているイシュタルとも、お忍び姿の皇帝ともちょっと違う。

男の姿で、ほとんど正装に近い皇帝の姿だった。

正装はつまり「演出」でもあり、その「演出」のために背後に数人、華美な鎧(よろい)を身につけた騎士を引き連れている。

普段あまり見ない者たちだが、格好自体は知っている。

皇帝親衛軍の者たちだ。

ローラの慌てっぷりと繰り返した言葉で途中から察した通り。

皇帝による公式の訪問だった。

俺は慌ててイシュタルの前で、ちゃんとした作法(さほう)に則(のっと)って跪(ひざまず)いた。

「すみません陛下、陛下がお見えなのに出迎えもせずに」

「よい、通告なしにやって来たのはこっちだ。楽にするがいい」

イシュタルはそう言い、さっきまで俺が座っていたソファーに座った。

この屋敷の主は俺で、俺が座っている場所はメイドたちのセッティングでいつもその部屋の上座とかになっている。

そこにイシュタルは当たり前のように座った。

「マテオもここに座るがいい」

イシュタルはそう言い、「コ」の字でならんでいるソファーの横を指した。

「はい」

俺は慎重にイシュタルが指定した場所に座った。

イシュタルが連れてきた親衛軍たちはイシュタルの後ろに立った。

「そうかしこまらずとも良い。今日はマテオに礼を言いに来たのだ」

「礼……って?」

「ロックウェル卿から話は聞いた。マテオが歯のことで奔走していたらしいな」

「あ、うん」

「そのお礼だ」

「えっと……」

俺は困惑した。

そのことでイシュタルに直接お礼を言われるのも不思議だし、こんな大げさにやられるのも不思議だ。

イシュタルのこれはほぼほぼ正式に、公式に皇帝として誰かを表彰するという感じのやり方だ。

そんなことをされるほどのことはしていないはずなんだが……と困惑してしまう。

「マテオはこの世で最も高価なものはなんだと思う?」

「一番高いもの、ですか?」

「そうだ。ああ、情緒的なものではない、金銭的な意味でだ」

「えっと……土地とか、黄金、とか？」

「ふふ、残念。答えは人だ」

「え？」

俺は戸惑った。

イシュタルは情緒的なものじゃない、金銭的なものだと言った。

この世で最も高価なものはと聞かれて、一瞬大事な人とか心とかそういうのを思った。

人間というのも、もちろん頭にちらっとあがった。

だが金銭的なものと言われたからそれを除外したが、イシュタルはそうだと言った。

「どういうことなの？　陛下」

「例えば後ろのこいつらだ」

「あ、はい」

「皇帝親衛軍として、余の付き添いや護衛ができる、それを認められるまでどれくらいの教育と訓練が必要だと思う？」

「あ、おじい様からちょっとだけ聞いたことがあるかも。大体五年くらいはみっちりいろいろ教えたり訓練したりするって」

「うむ。その通りだ。ではさらに聞こう、五年間もみっちりと専門的な教育や訓練をつけるためにかかる金はどれくらいだと思う」

「……あ、高い」

イシュタルの言いたいことがようやく分かった。

確かにそれはめちゃくちゃ高かった。

五年間も専門的な高等教育を施すとなるとかなりのコストがかかる。

しかも――。

「生活のためとか、品格を維持するくらいの高いお給料も出さないといけないよね」

「うむ、さすがマテオ、その通りだ」

イシュタルは満足げに微笑んだ。

「つまり、この世で一番高いのは教育を受けた人間だということだ」

「うん、そうだね」

「そして簡単に失われるのもまた人間だ。例えば、余の背後にいるこの二人が今殺されたとして、あるいは今夜急病で死んだとして。その損失はこの屋敷の価値に匹敵する」

「……あ」

ハッとした。

イシュタルが言いたいことにピンときた。

俺がハッとしたのを見て、イシュタルはにやりと笑った。

「そういうことだ。国民全員の寿命を延ばすということは価値が失われるまでの期間を延ばすということでもある。これは皇帝として表彰せざるをえん話だ」

「で、でも。まだ始まったばかりだよ」

「マテオのくせにおかしなことをいう」

「え？」

「話ではそれは大地の精霊オノドリムのお告げが発端だというではないか」

「うん、そうだね」

「オノドリムは帝国の守護精霊でもある。彼女のお告げを余が信じないなどありえんことだ」

イシュタルはきっぱりとそう言い切った。

そういえばそうだった、守護精霊だった、と久しぶりに思い出した。

「だから、感謝するぞマテオ」

「う、うん。どういたしまして——光栄です」

俺はソファーから立ち上がって、深々と一礼した。

皇帝から直接褒(ほ)められたら座ったまま礼を受け取るのは失礼に値するのだ。

そんな俺の返礼をイシュタルは笑顔で見守った後。

「では近日中にこの話を帝国全土に公布する」

「ええっ⁉　そ、それは大げさなんじゃ——」

「守護精霊オノドリムのお告げを形にしたのだ、布告をしなければならん」

「あ、うん」

きっぱりと言い切るイシュタル。

それは口実として最高のものだった――そう口実。

俺が「口実」だって分かるくらいに、イシュタルは今も、いつもの溺愛する顔で俺を見つめていたのだ。

179 女の悪魔

用事が済んだ後、イシュタルは連れてきた親衛隊を下がらせた。

これは俺と二人っきりで話がしたいということ——そう思った俺は同じようにメイドのローラを下がらせた。

そうしてリビングの中で二人っきりになった。

「すまないな、マテオ」

「え？　何がですか？」

「マテオがまた偉業を成し遂げたと聞いた瞬間、居ても立っても居られずこうしてしまったが、迷惑にはなっていないだろうか」

「……全然」

俺はくす、と微笑み返した。

「むしろいつもありがとう。僕の為にいつも色々してくれて、すごく嬉しい」

「そ、そうか。ならよかった」

本気で自分の暴走を省みているのか、俺のフォローの言葉を聞いたイシュタルは心底安堵した表情を浮かべた。

そんなイシュタルがなんだか可愛らしく思えて、俺はますます穏やかに、まるで娘を見守るような目でイシュタルを見た。

娘——というのはあながち的外れでもない。

村人時代の経験を込みで考えたら年齢差はそれくらいになってしまう。

そんな視線の意味合いに気づいたのか、それとも何か別の意味だと受け取ったのか。

イシュタルは恥ずかしそうに頬を染めてしまい、話も逸らした。

「そ、それよりも。マテオは……マテオは……そう！」

必死に話題を探すって感じで視線が盛大に泳ぎまくってから、何かを思いついたかのようにまっすぐ見つめてくるイシュタル。

「何か困っていることはないか？」

「困っていること？」

「そうだ！　もしあったらなんでも言うといい、なんでも解決してやるぞ？」

「ありがとう」

感謝の気持ちが自然に言葉になって口から出た。

恥ずかしさに話を逸らそうとした結果、出てきたのがそういう言葉なのは嬉しかった。

『天気はどうだった？』とか、『元気だったか？』とか。

話題に困ってどうにか何かを搾り出す時はこのあたりのものが定番だ。

そういうのじゃなくて、『困ってることはないか？』を選んできたのはなんだかちょっと嬉しかった。

「ありがとう、イシュタル。イシュタルのおかげで困ってることはないかな」

「そうなのか？」

「うん。いつも本当にありがとう」

「そうなのか……」

困ったことはない、と安心するためにそう言ったが、それでイシュタルはなぜか落ち込んでしまっていた。

何かあった方がいいのか？　そう思いながら何かないかと記憶の中を探った。

「えっと……あるといえば、あるかな？」

「本当かマテオ⁉」

イシュタルは食いついてきて、一瞬で表情が明るくなって、目を輝かせてきた。

「う、うん。その……言っていいのかな」

「なんでも言ってくれ」

「まあ、聞かれても空気を読む人かな。あのね、ノワールのことなんだ」

「ノワール……あの執事のことか」

「うん、彼との接し方というか、どうしたらいいのかがちょっと分からないんだ」

ずっと棚上げにしてきたけど、エクリプスの一件の後、屋敷に住み着いたノワールを持て余しているのは事実だ。

ノワールの目的、本当かどうかは分からないが本人から一応聞いている。

それは俺の魂を狙っていること。

俺の魂を狙って、手に入れようとしていること。

それだけだと命のピンチに聞こえるが、ノワール曰く魂を最高の状態で手に入れるには、相手が望む人生を送った後に寿命で死ぬ——そうじゃないと最高の状態にならないという。

だから当面のピンチはない。

むしろ俺に最高の人生を送らせるために色々手伝ってくれるだろうから、イシュタルや爺さんに負けないくらいの溺愛をしてくる可能性もある。

とはいえ、最終的に俺の魂を狙っていると公言してる相手なのだから、心を許すわけにもいかない。

問題はもうひとつある。

「ただか執事の一人や二人、気に入らなければクビにすればよいではないか」

「あはは……」

これだ。

ノワールは悪魔だ。

その悪魔の力なのか知らないが、ある日いきなり屋敷の執事になった。

ただ執事になっただけじゃなくて、周りの人間は俺を除いてみんな、ノワールは古くからの執事だと思い込んでいる。

記憶を改ざんしたのか、催眠術の類なのか。

そういうので周りにも影響を出しているのが輪にかけて対処を難しくしている。

「何か不都合があるのか？」

「うん、ちょっとね」

「そうか……余がなんとかしようか？」

イシュタルは伺うような口調で聞いてきた。

さっきまでの「なんでもやる！」ではなく、「やってもいいか？」という聞き方に変わったのは、俺の言葉に含みがあるのを感じ取ったからなんだろう。

ノワールか……どうしたものかな、本当に。

まあ、どうしようもないから、今まで放置するしかないか。

そう思った時だった。

今まで通り、問題を先延ばしにし、未来の自分に丸投げしようとした時にそれが起きた。

俺とイシュタルの間の空間がバチバチと、電気を帯びた何かのような異変を起こした。

「なんだ⁉　これは」

イシュタルがきょとんとした、俺はぱっと立ち上がった。

何かが起きるのなら対処しなきゃ——とその考えが頭に浮かんだ直後。

室内であるのにもかかわらず、天井からまるで落雷のような、稲妻（いなずま）のようなものが俺とイシュタルの間に落ちた。

それだけでも何が起きたのか分からなかったが、直後にさらに目を疑う光景が目に飛び込んできた。

雷が落ちた——つまり俺とイシュタルの間に一人、女らしき人の姿があった。

その女はイシュタルに背を向けて、俺の方に正面を向けていた。

「だ、だれだ⁉」

反射的に誰何（すいか）をするイシュタル。

一方で、俺は目を見開き驚いた。

「君は……もしかして……悪魔？」

目の前の女の特徴に、俺はそう思った。

それはおかしい、あり得ない話だと思った。

なぜなら、悪魔はノワールを除いて絶滅していると聞かされていたからだった。

180 二人の悪魔

「悪魔のことを知っているのですか？」

目の前の女が驚いた様子で答えた。

「そう話すってことは、やっぱり悪魔なの？」

「そうですが……ということは時代を間違えてしまいました？　どうしましょう、もう一往復するだけのエネルギーなんてないのに……」

「ねえ、君は本当に悪魔なの？」

「え？　ええ……そうですよ」

「本当に？　悪魔って、ノワールだけになったって聞いたけど」

「え!?」

俺の言葉を聞いた女悪魔は目を見開くほど驚いた。

「それは本当なのですか!?」

女悪魔は俺に詰め寄ってきた。

あまりの勢い、顔がくっつくくらいの勢いで詰め寄ってきた。

「う、うん。そうだけど……」

「はあ……よかった……。失敗したのかと思いました……」

女悪魔は俺から離れた。

言葉もそうだが、心底ほっとしたという表情は、事情ありありに思えた。

「ねえ、ちょっと聞いてもいいかな」

「え？　あ、はい。なんでしょうか」

「あなたは悪魔なんだよね」

「はい。悪魔のブランっていいます」

「ブランさんだね。ねえブランさん、僕は悪魔はもう一人しかいないって聞かされたけど、それって嘘だったの？」

「……いいえ、きっと本当のことだと思います」

「…………きっと本当のことだと思います」

女悪魔ブランの言葉をリピートした。

言葉として成立するが、意味を考えたら全くおかしかった。

それは俺だけじゃなく、さっきから黙って成り行きを見守っていたイシュタルも同じことを思ったようだ。

「そもそもお前がその悪魔だろうに、まるで他人事のようなその言い方は矛盾しているぞ」

「はい……すみません。あなた方はその最後の悪魔を知っているようですので、きっと相当な方です。ですので……お話しします」

「何をだ」

「私は……過去から来ました」

「「…………」」

俺とイシュタルは言葉を失った。

視線を交わして、お互いに困惑していることを確認して、耳が聞き取れた言葉自体は間違っていないことを確認し合った。

「あ、たぶんですよ？　悪魔が最後の一人になったということからの状況判断です」

「どういうことですか？」

「今、悪魔の一部が、最高で究極の悪魔を生み出そうとしています」

「うん、知ってるよ。その結果がノワールなんだよね」

「おそらくはそうです。その、私にはまだ途中ですので結果までは」

「あっ、そうだよね」

そりゃそうだ、と俺は思った。

本当に過去から来たのなら、悪魔の全てをいわば生け贄に捧げて作りあげたノワールのことなんて知るよしもないだろう。

「じゃあ今――ブランさんから見ての未来に来たのは、『結果を知る』ためなの？」

カンニングみたいなモノなのかなと思った。

過去とか未来とか、時間を自由に行き来できたら、未来の情報を過去に持ち帰っていろいろ上手くやる――というのは一度は妄想することだ。

ギャンブルなんてその最たるものだ。

十秒後に出るサイコロの目が分かっていればギャンブルに一〇〇％勝ててしまう。

だからそうだと思っていたのだが、ブランはゆっくりを首を振った。

「違います。実は、最高の悪魔を作り出す道筋はもうつけられました。たぶん間違いなく成功すると悪魔は誰もが確信しています」

「そうなんだ」

「ですが、ここで一つ問題が生まれました。それは、最高の悪魔は一人しかできないのです」

「……うん」

そうだよな、と俺は思った。

何しろ既に結果を知っている。

最高の悪魔、最果てのノワール。

それを知っているから「まあそうだよな」という反応をした。

「それの何が問題なの？」

「最高の悪魔を生み出せます、ですがそれは一人のみです」

「うん、そうだね」

「一人ではダメなのです」

「……」

「……そうか」

イシュタルが何かに気付いたようだ。

俺はイシュタルに振り向き、聞いた。

「何か分かったの？」

「おそらく……悪魔も生物だ、ということか？」

イシュタルはブランに聞いた。

ブランは小さく頷（うなず）いた。

「はい、その通りです」

「道理だな」

「どういうことなの？」

「あれは執事だったな。生物がオス一体では失敗だということだ」

「………あ」

俺もハッとした。

イシュタルに少し遅れてハッとした。

「そっか、子供が作れないんだ」

「はい、そういうことです。もちろん、私たち悪魔は何らかの形で混血を生み出せますが、純粋な悪魔は生み出せません」

「うん、だからノワールはずっと一人なんだよね」

「そういうことになります。それが私が時間を越えてきた理由でもあるのです」

「どういうことなの？」

「私がいた時間で今まで通り最高の悪魔を生み出します」

「うん」

「そして、どこかの未来から最高の悪魔を一人連れて帰ります。すると――」

「あっ、二人になる」

「その通りです」

ブランは小さく、しかしはっきりと頷いた。

なるほどと思った。

そのやり方なら確かに「最高の悪魔が二人」という状態を作れる。

本当に過去とか未来とか、時間の行き来ができるのかというのも、ブランが嘘をついていなければ本当だと思う。

それで解決できる——ように聞こえるのだが。

「…………」

なんだかすっきりしなかった。

時間移動に関しての知識は今まで読んできた知識にはなくて、なんともいえないところはあるが、それでも「本当にそれでいいのか？　いけるの？」と、めちゃくちゃモヤモヤしてしまうのだった。

181 オノドリムの使い方

「どうしたマテオ、変な顔をしているぞ？」

「あ、うん。ちょっと……なんていうんだろ、モヤモヤしちゃって」

「わ、私は本当のことを言ってます！」

ブランは強く食い下がって、本当のことだと主張してきた。

「ああ、違うんだ。嘘を言ってるとか、そういう話じゃないんだ」

「ならどういう話なのだ、マテオ」

「僕もまだ混乱してるけど……ブランさん、あなたは過去から来て、完成した最高の悪魔を連れ帰るのが目的だって言ったよね」

「はい、そうです」

「そして連れ帰った後、完璧(かんぺき)な悪魔が二人になって、それで結婚とかさせたりして、二人で完璧な悪魔の子供を作って、最終的に完璧な悪魔の一族、進化した悪魔の一族ができる——というのが目的なんだよね？」

「じゃあ仮になんだけど、連れて帰ることが成功したとして。完璧な悪魔の一族が新しく生まれたとして。僕たちの時代はどうなるの？」

「はい、そうです」

「え？」

ブランはきょとんとなった。

何を言っているのか理解できない、という顔をした。

「あのね、過去になかったことを、あったことにする、ってことだよね？」

「そ、そうですね……」

「それって歴史が変わっちゃうってことじゃない？　今回だと、成功したら悪魔が絶滅した歴史から、悪魔が進化した歴史になっちゃうけど……歴史が変わるとどうなる？」

「そうか、そういうことか！　すごいぞマテオ、その通りだ」

俺の質問を受けて、イシュタルもようやく何を言いたいのか理解できたようだ。

「真なる歴史が発覚したというレベルの話ではすまなくなる。歴史上の出来事が変わればそれに影響されて歴史が変わるのは当然。強力な生物が一種あったかなかったか、ともなれば差異の大きさはかなりのものになる」

「それは……その」

ブランはもじもじした後、搾り出すように。

「すみません……分かりません」

「そうなの？」

「その……時間を行き来して何かをするのは初めてなんです。それができたという話も聞いたことがありません……」

「そっか……」

ブランたち悪魔にとっても初めての試み、それでどうなるのか分からないと言う。

うんまあ、そりゃそうだ、としか言えない。

「そもそも論だが」

イシュタルは厳しい顔をブランに向けた。

「お前が過去から来たという証拠は？」

「はい、それでしたら――」

☆

ブランに言われて、俺たちは庭に出た。

とりあえず話を大きくしたくないから、人払いをして俺とイシュタル、そしてブランの三人だけで庭に出た。

「ここですね」

ブランはしばらく庭で何かを探すようなそぶりでふらふらキョロキョロした後、立ち止まって地面を指さした。

俺とイシュタルはブランの横に行って、指でさされた地面を見た。

「ここに何があるの？」

「時間移動する前に地中深く証拠を埋めました。ここから真下に二十メートル掘ってください」

「証拠？」

「はい」

「分かった。僕がやるから二人は下がってて」

「うむ」

「はい！」

イシュタルとブランは言われた通りに俺から離れた。

俺は少し考えて、一度その場を離れて、水を持ってきた。

「マテオ？」

「見てて」

訝しむイシュタルににこりと微笑みかけてから、水を二カ所にかけた。

一カ所はブランが指さした場所に、もう一カ所はそれから少し離れたところにぶっかけた。

二カ所の水溜まりをつくった。

そして、水間ワープを使う。

水溜まりA――ブランが指した場所の土を、水溜まりB――離れたところに水間ワープで飛ばした。

飛ばし続けた。

土をワープさせ続けていくと、水溜まりがまるで地面を溶かしていくかのように下がっていった。

お湯を氷に垂らすと一点だけ溶けて穴が空いていくのと同じ光景になった。

違うのは、お湯はすぐに冷めて止まってしまうが、水間ワープだと下がり続けるということ。

そして、もうひとつの水溜まりに土が吐き出されて、その真横で土の小山が盛り上がっていく。

「すごいなマテオ、それはマテオがいつもやってるアレの応用なのだろう？」

イシュタルが感心した様子で言ってきた。

「うん！　初めてだから上手くいってよかった」

「ふふっ、さすがマテオだ。……それ、もしかすると温泉を掘り当てるのに使えるのではないか？」

「え？　あ、うん、そうだね。温泉がどこに埋まっているのかオノドリムにあらかじめ聞いておいて、そこをピンポイントに掘れば一発で掘り当てられるね」

「あはは、それもさすがだ。大地の精霊の贅沢な使い方だな」

水間ワープで半自動で掘り当てていくのを眺めながら、イシュタルと取り留めのない雑談をした。

そうしてしばらく経つと、水溜まりが何か異物を吐き出した。

それまでの土とか石とか木の根っことか。そういったものとは全く違う異物。

平べったい板だった。

「それです！」

見た瞬間ブランが声を張り上げて、水間ワープで吐き出されたそれに駆け寄った。

俺は水間ワープでの発掘を止めて、イシュタルと共に歩いていった。

ブランがそれを取って、表面の土とかを払って、それを俺に差し出した。

俺はそれを受け取った。

「重い！　これってもしかして黄金？」

「はい。どれくらい飛ぶのか分かりませんでしたから、土の中に数百年埋めても朽ちないであろう黄金で作りました」

「あっ、出発——でいいのかな、その時に埋めたものなんだ」

「はい。黄金のプレートで作った割り符です、これを見てください」

そう言ってブランはもう一枚、黄金のプレートを差し出した。

今度のはものすごく新しかった。

二枚のプレートは元は一枚だった感じで、切断面がぴったりくっついた。

「なるほど。しかしこれでは決定打にはならんな」

イシュタルはそう言った。

「どうしてですか？」

「黄金なのが仇になったとも言える。確かに片方が新しく片方は古めかしく見えるが、片方を割ってここ最近埋めたという可能性も捨てきれない」

「そ、それは……」

「もっと何かないのか？」

イシュタルはブランを詰めた。

「……信じてください！　本当なのです！」

「証拠を、と言っている」

「……っ」

ブランは下唇を噛んで、苦々しい顔をした。

「……あっ」

「どうしたのだマテオ」

「確認してみるからちょっと待ってね——オノドリムー」

「呼んだー？」

声を張り上げた直後、どこからともなくオノドリムが現れた。

大地の精霊という偉大なる存在なのにもかかわらず、俺の呼びかけに間髪いれずに登場し、気さくに応えてくれた。

「せ、精霊……!?　どういうことですか……」

気安く大地の精霊を呼び出したことをブランは驚いていた。

それをひとまず放置して、オノドリムに聞いてみた。

「ねえオノドリム。オノドリムは地中に埋まってたものがどれくらい長く埋まってたものなのか分かる？」

「分かるよ」

オノドリムはけろっと答える。

「ホント？」

「もちろん、そんなの超楽勝だもん」

「えっとじゃあ……これ、どれくらい埋まってたのか見てくれる？」

俺はそう言い、割り符の二枚を差し出した。

「まっかせてー。うんうん、これ大体三〇〇年は埋まってたみたいだよ」

「本当に？」

「間違いないよ」

オノドリムはそう言い、可愛(かわい)らしくウインクをした。

オノドリム——大地の精霊のお墨付(すみつ)きを得た。

「本当にずっと埋まってたんだね」

「うむ……さすがマテオだ、大地の精霊のこの上ない適切な使い方だ」

182 急変

「あの……これで信じてくれますか？」

ブランが恐る恐る、顔色を窺うような仕草で聞いてきた。

「うん、信じるよ。正直まだ信じられないけど――」

俺はそう言い、黄金の割り符とオノドリムを交互に見比べた。

「――君の言うことを信じる」

「よいのかマテオ」

それに待ったを掛けてきたのがイシュタルだった。

「時間移動など、どう考えても与太話だと思うのだが」

「僕もまだそう思うけど」

「だったらなぜ？」

「証拠があるしね。それに」

「それに？」

「世の中知らないことの方が多いんだ。だから、証拠が本物なら受け入れるべきかなって」

「……そうだな。さすがだマテオ。その考え方は見習うべきだと思うよ」

イシュタルはそう言い、納得してくれた。

その横で、またしても恐る恐る、といった感じでブランが話しかけてきた。

「あの」

「え？　あ、ごめんなさい。こっちだけで話が盛り上がっちゃった」

「いいえ。その、信じてもらえたのなら」

「うん」

「完成された悪魔のことを、居場所などもしご存じでしたら教えてくれませんか？　この時代ではあなただけが頼りなのです」

「……」

「ど、どうしたのですか？」

「ううん、ああ、悪魔なんだな、って」

「どういうことですか？」

「ノワールもそうだったけど、なんだか、悪魔って先に与えてからもらう、っていう性質を持ってる感じがする。君も僕に信じてもらうまでノワールのことを教えてってほとんど言わなかったし」

「ふむ、言われてみれば」

イシュタルもあごを摘まむ、興味深い、と言わんばかりの表情をした。

「通常であればもっと勢いよく食いついてもおかしくない」

「うん、ノワールもすごく気の長いことをしてるから、なんだかそういうのって悪魔っぽいなって」

「……」

ブランは苦笑いした。

なんと言っていいのか分からない、という顔をしている。

「分かった、ノワールを呼んでみる」

「呼んで……？」

「ノワール？　僕の声が聞こえる？」

「お呼びでございますか？　ご主人様」

「「「わっ‼」」」

呼びかけた直後、ノワールがどこからともなく現れた。

いきなり現れたノワールにイシュタル、オノドリム、果てはブランまでもがびっくりして声を上げてしまう。

「来るの早かったね」

「主に呼ばれればすぐに参上するのが執事の務めでございます」

「そうなんだ。話は聞いてた？」

「いいえ、許可もなしに聞き耳を立てることは許されておりません」

「そうなんだ」

俺は苦笑いした。

「でも、いつも呼んでる時はなんか聞いてたみたいな感じですぐに状況把握できてたよね」

「即座に状況を把握し主の命令に応えるのも執事の嗜みでございます」

「それは大変だ――じゃあ今の状況は分かる？」

「……過去から悪魔が時空転移をして来た、といったところでしょうか」

「ええ⁉　分かるの？」

「時空転移に関する知識を持ち合わせており、かつ、その黄金のプレートからの推測でございます」

「そうなんだ……」

「ふむ、同じ悪魔、時間――いや、時空転移？　だったか。それの知識を同じように持っていてもおかしくはないか」

イシュタルがそう言い、納得した表情を浮かべた。

その言葉に俺はなるほどと思った。

たしかに同じ悪魔のノワールがその知識を受け継いでいるのは不思議な話じゃなかった。たとえ世界中で知られてなくても、特定の一族だけが持つ門外不出の知識は確かに存在する。

時間移動改め時空転移はやや話が大きくなるけど、本質のところではそれは変わらないはずだ。

「はじめまして、私の名前はブランといいます」

「ノワールと申します」

「単刀直入に言います、私と一緒に来てください」

「過去へ、ということでしょうか」

「はい」

「なぜでしょう」

「一人しかできない完璧の悪魔を二人にするためです」

「……つがい、ですか?」

「はい」

「そうですか……」

ノワールは静かに頷いた。

同じく悪魔、そしてその話の核心というか当の本人であるからか、ノワールはほとんど最小限の説明だけで全てを理解したようだった。

それはさすがだと思った。

「お話は理解できました」

「じゃあ――」

「申し訳ございませんが、その話をお受けするわけには参りません」

「――っ⁉　ど、どうして⁉」

まさか断られるとは思っていなかった様子のブラン。

この世の終わりかってくらいの衝撃を受けた表情でノワールに詰め寄った。

「私は主に仕えている身、勝手なわがままで職務を放り出すことはできません」

ノワールの返事には、ブランのみならず俺も驚いた。

いや、言葉の内容自体は至極真っ当なものだ。

執事が主の許可なく職場放棄はできない、という真っ当も真っ当な返事だ。

だがそれがノワールの口から出てくるとは全く思っていなくて、めちゃくちゃ驚いてしまった。

「あ、主って――」

泣きそうなブラン。ノワールが俺に視線を向けるとブランも俺に泣きついてきた。

「お願いします！　何か言ってあげてください！　そうだ！　彼をクビにしてください、そのためにならなんでもします！　貴族ですよね。名声も金銀財宝も世界中の美女も思いのままにできるようにして、なんでも願いを叶えてあげますから！」

　必死な感じで俺に食い下がってくるブラン。

　提示されたものは全部ノワールと一緒で、これまた悪魔だなあ、と俺は思った。

「ノワール」

「はい」

「行ってあげて。話はさっき、ブランさんから聞いた。たぶんそれってノワールにしかしてあげられないことだから。一緒に行ってあげて」

「……かしこまりました。ご主人様がそうおっしゃるのであれば」

　ノワールはそう言い、ブランに向き直った。

「ご主人様の許可を得られましたので、ご一緒します」

「――っ！　ありがとうございます！」

「お礼はご主人様に」

「ありがとうございます！」

　ノワールに指摘をされて、ブランは俺にも頭を下げた。

　そして善は急げ、とばかりにブランは魔法陣を描いた。

　できた魔法陣の中にノワールとブランが一緒に入った。

　過去に飛ばされるわけにはいかない俺とイシュタルとオノドリムが一つに固まって、魔法陣から少し離れたところで見守った。

「では、行きます」

「うん、気をつけてね」

「本当にありがとうございました。では！」

ブランはそう言い、手を天高く突き上げた。

直後、雷鳴が轟きブランたちの直上から巨大な落雷が二人に落ちた。

雷を受けて、魔法陣が煌々と光り出した。

と同時に、めちゃくちゃな力の奔流が俺たちを襲った。

「きゃっ！」

「くうぅ！」

「イシュタル！　オノドリム！」

光る魔法陣、押し寄せる力。

俺はとっさに水の力、海神の力を行使して障壁を張って、二人を守った。

それが間一髪というレベルのタイミングで間に合って、障壁に更なる力が押し寄せてきた。

強大な力は時として物質的な何かに転換する。

まるで霧のような力が障壁を覆った。

「ま、マテオ!?」

「大丈夫、僕がいるから」

「う、うん！」

イシュタルは俺にぎゅっとしがみついてきた。

オノドリムも口には出さないが、俺の肩に置かれた手に力がこもっている。

大地の精霊である彼女が緊張している……？

もしかしてかなりのことが起きているのか？　と思った直後、霧の向こうでよく分からないが、なんらかの光が爆発的に膨らみ上がって、そして消えた。

「行ったの……？」

なんとなく、直感的にそう思った。

そして、霧が徐々に晴れていく。

感じ取ったとおり、そこにはもう、二人はいなかった。

どうやら二人は無事旅立ったようだ。

「えええええ!?」

それでホッとしたのも束の間、オノドリムの悲鳴が聞こえてきた。

「どうしたのオノドリム？」

「あ、あれ！」

切羽詰まったオノドリムの声、伸ばされて空をさした指。

その指を追って空を見あげると——俺も驚いた。

「ど、どういうことだ……」

同じようにしたイシュタルも驚愕した。

空が紫色になっていた。

いや、ありとあらゆる光景が変わっていて、あまりにも変わり果ててしまって。

空が紫色になった以外のことは、理解が追いつかず頭に入ってこない。

まるで別の世界に飛ばされてしまったみたいな、そんな衝撃的な景色の中に俺たち二人は放り出されていた。

183 歴史が変わった

「マテオ！　こっちを！」

イシュタルの切羽詰まった声がした。

振り向き、さらにイシュタルと同じ方角を見た。

理解するまでに時間がかかってしまった。

なぜならそこは特に何かがあるわけではない、一言で言えば「野外」ともいうべき光景だったからだ。

本当にただの野外で、空が紫色なのは同じだが、それは既に見ているもの。

が、気づく。思い出す。

「屋敷が……ない？」

「あ、ああ……庭にいたはずだ……」

イシュタルの驚きの理由がようやく理解できた。

そう、俺たちは庭にいたはずだ。

そもそもブランが俺たちの前に現れたのは、自分が割り符を埋めたところに飛んで、そこに俺の屋敷があったからだ。

そして俺たちはブランに言われた通り、その割り符を掘り出すために庭に出た。

掘り出した後もオノドリムを呼びつけたから庭にいるままで、見送った場所も庭から動いていない。

そう、俺たちはずっと庭にいた。

だから振り向けばそこには屋敷があるはずだ。

それが今はない、ただただ広がっている「野外」だ。

「どういうことなのだ？」

「屋敷に戻ってみるね」

俺はそう言い、いつも持ち歩いている水筒から水を出して、水間ワープで屋敷に戻ろうとした。

――が。

「あれ？」

「どうしたマテオ」

「…………」

俺は内心驚くのを抑えつつ、水間ワープを繰り返し試した。

水間ワープは行ったことのあるところ、かつ水のあるところに飛べる技だ。

そして俺が行ったことのある重要なところは、俺が行きやすくするために水を常に絶やさないでいてくれてる。

ヘカテーなんかは屋敷の中に噴水まで作ってくれたほどだ。

だから行ったことのある場所にならどこにでも飛べる――はずだったが。

「どこにも飛べない……」

「どういうことだ?」

「分からない……そうだ!」

俺はそう言い、小走りでその場から離れた。

最初に水間ワープしようと思った水溜まりから二十メートルくらい離れたところで、また水溜まりを作った。

それで水間ワープをする――できた。

水を通っての水間ワープ。イシュタルとオノドリムがいる場所に戻ってきた。

「うん、水間ワープは使えるね」

「なるほど! それを試したわけだな、さすがマテオ!」

イシュタルはそう言って俺を褒めた――のも束の間。

すぐにまた表情が曇ってしまった。

「だとしたら……なぜ？」

「分からない……オノドリム、どうしたの？」

状況が分からず困っていると、ふと、オノドリムが俺たちに勝るとも劣らないほどの困った表情で周りをキョロキョロしているのが分かった。

俺が問いかけると、彼女は困った顔のまま答える。

「なんか……変だよ」

「どこが変なの？」

変と言えば何もかもが変だが、大地の精霊である彼女は俺たちには分からない何かを感じているように思えた。

果たしてそれは正解だった。

「ここ……あたしの知ってる大地じゃない」

オノドリムから返ってきた答えは、彼女だけが理解できる感覚だった。

「どういうことなの？」

「あのね、あたしって大地のことなら全部分かるのね」

「うん、それは何回もお世話になったから分かる」

「大地のどこに何が埋まってるかとか、そういうのが全部分かるんだ。でも、この大地ってあたしが覚えてるのと全然違うんだ」

「なぜそうなるのだ？」

「分かんないよ。あたしだって困ってるよ！」

オノドリムがそう言い、ますます困り果ててしまった。

俺は少し考えた。

もしかして——。

「キシャー‼　みろよみろよ！」

「ぐきゃきゃきゃきゃきゃ！　こんなところに人間がいるぜ」

俺たち三人のものではない、甲高い声が背後から聞こえてきた。

三人が一斉に振り向いた。

振り向いた先にモンスターがいた。

頭と体と何より両手両足があって、人間と似たようなフォルムをしているけど、服を着ていなくて全裸の体が毒々しい紫色だ。

さらに手足の爪が鋭く、背中にはコウモリのような羽が生えている。

「デーモン⁉　なぜ帝国の領内に⁉」

これに驚いたのはイシュタルだった。

デーモンは数あるモンスターの中でも、とりわけ知性が高く、人間に対する縄張り意識も高い。

人間が「領土」としているところにはほとんど出没しないモンスターだ。

帝国皇帝であるイシュタルからすれば、帝国の領内でデーモンを見かけるのは相当の驚きがある。

「くけけけけ、人間牧場から逃げ出したんだろ」

「ってことは野良か、野良なら食ってもいいよな」

「久しぶりのごちそうだぜえええ！」

一方的なことを言い合いながら、デーモンたちは飛びかかってきた。

そのまま一番近くにいるイシュタルに迫った。

俺は水筒から水を出し、手の平にのせた。

合掌(がっしょう)して、両手の中に水を含ませて、力を込める。

オーバードライブ・無形水刃。

溶けるかのように形を失った水の刃がデーモンの首を刎(は)ねた。

首を刎ねられて、突進する勢いも失って地面に突っ込むデーモンたち。

「その人は大事な人だから触らないで」

「マテオ……」

「大丈夫だった？」

「う、うん。見ての通りだ」

俺はとりあえずホッとした。

ほとんど前兆なく襲いかかられて、咄嗟のことだったからイシュタルを守れてホッとした。

「それにしても、なぜデーモンが……」

「ねえオノドリム、ちょっと聞いてもいい？」

「え？　うん、何？」

イシュタルに比べて驚きの少なかったオノドリム。大地の精霊にとって、デーモンは焦るほどの相手ではなかったようだ。

そんなオノドリムに聞いた。

「今でも、大地の中の様子は分かる？」

「うん、それは分かるよ」

「じゃあ……ね、大雑把になんだけど、五〇〇年前からずっと埋まったままの金銀財宝ってある？」

「五〇〇年前からの？」

「うん」

「えっと……うん、あるよ、いくつも」

「……そう」

オノドリムの答えを受けて、俺は考え込んだ。

　もしかしたらそうかもしれない、と思った。

「財宝が欲しいの？」

「ううん、そうじゃないんだ。あのね、もうひとつ教えて。オノドリムが変わったって思ったの、もしかしてここ二〜三〇〇年くらいのもの？」

「え？　あ……そうかも」

「もっといえば、ノワール……最高の悪魔が生まれた後のもの？」

「……ああっ！　本当だ⁉」

　オノドリムはハッとした。

　どうやら俺の推測はあっていたようだ。

「どういうことだマテオ」

「多分だけど……、ずっとモヤモヤしてたことなんだけど」

　俺はイシュタルの方を向いて、自分でも分かるくらい深刻な表情で答える。

「ノワールを連れて帰ったことで、ノワールが生まれてから先の歴史が変わっちゃったんじゃないかって」

　それは、ブランに「過去から来た」こととその目的を聞いてからずっとモヤモヤしていたこと。

　過去が変われば歴史も変わるんじゃ？　というモヤモヤが、実際の光景を目の当たりにして確信に変わったのだった。

184

俺はまだ、親孝行ができていない

夜——月が見えない地中深く。

人間がおいそれとは到達できないような地下数十メートルのところにある空洞(くうどう)の中に、俺とオノドリムとイシュタルの三人はいた。

空洞はそれなりに広く、屋敷のリビングよりも一回り広い空間だ。

魔法で明かりを灯していることもあって、「地中です」と言われなければ——いや言われても窮屈(きゅうくつ)さを感じない空間だ。

「こんなところがあるんだ」

「こんなの地下にはいくらでもあるよー」

オノドリムが陽気に答えてくれたが、すぐにまた難しい表情に戻ってしまった。

大地の精霊である彼女の導きで地下にある安全な空間にやって来たのはいいが、言い換えれば地下深くに逃げ込まなきゃいけないほどの状況でもある。

俺たちは半日掛けて、いろんなところを回って現状を確かめた。

　半日だけだったが、安全のために地下に潜らないといけない状況だと分かった。

「まさか……帝国が存在していないことになっているなど……しかも魔族という輩に世界が支配されているなどと……」

「エクリプス――夜の太陽もいたけど呼びかけには応じてくれなかったね」

「ルイザン教も跡形もなく消え去っていた。滅ぼされたのだろうな」

「魔族が文字で記録する習慣がないのが困ったものだよね。何が起きたのか全く調べようがなかったもの」

　イシュタルと集めた情報を言い合った。

　言えば言うほど現実味のないものばかりで、それで実は夢を見ているんじゃないかって現実逃避したくなってくる。

「どうするマテオ、このままでは……」

「……」

「このまま切り替えて生きてくって手もあるよ」

　オノドリムが提案して、イシュタルが驚いた。

「何を言っている」

「なんか変な世界だけど、あたしも力を貸すからここにマテオの国つくっちゃえばいいんだよ。あんたもしがらみがなくなって、マテオのお嫁――」

た。

「うわあ！　うわーうわーうわー」

何かを言いかけたオノドリムを、イシュタルが大声出しながら、飛びついて手で口を押さえた。

何を言われたのか分からないが、よほどイシュタルには都合の悪いことみたいだ。

「そ、その話はやめてくれ」

「えー、いいじゃん。新しい国の国父と――」

「や・め・て・く・れ」

イシュタルは真顔でオノドリムに迫った。

かなりの迫力で、オノドリムは分かりやすく気圧されてしまった。

「う、うん。分かった。やめる。そっちはやめるけど――」

オノドリムは気を取り直して、改めて言った。

「マテオの国を作るのは？　たぶんできるよ」

「それは……うむ」

さっきまでとは打って変わって、イシュタルは真顔で考え込んで、そして頷いた。

「なくはない、な」

「でしょー」

「大地の精霊の助力ならば、わが帝国の建国時と同じことだということでもあるな」

「うん！　マテオのためならあの時以上にはりきっちゃう」

「そうか……それなら――」

「それはダメだよ」

　放っておくと二人の間でどんどん話がまとまっていきそうだったから、俺はその話に割って入った。

　絶対にダメ、と強い意志を込めた口調で二人のやり取りをピタッと止めた。

「なんで？　いいじゃん新しい国の皇帝になっちゃお？」

「皇帝になるかどうかはともかく」

　俺はふっ、と笑った。

　笑うしかなかった。

　自分でもきっと寂しそうにって感じに笑ってるんだろうな、って分かるような笑みだった。

「おじい様がいなくなっちゃうのはだめだよ」

「あっ……」

「むっ」

　二人は一斉にハッとした。

「まだおじい様に親孝行できてないんだから、このままおじい様がいなくなった世界で生きてくのは……だめだよ」

「そうか……そうだな。すまなかったマテオ、そのことを見落としていた」

「あたしもごめん！　許してマテオ！」

二人は立て続けに俺に謝ってきた。

「ううん、いいよ。それよりも……」

俺はそこで一旦言葉を切って、やりたいこと、やるべきこと。

それらを一旦頭の中でまとめてから、二人に言った。

「僕たちも過去に行こう」

「過去に？」

イシュタルは眉をひそめた。

「うん。今世界がそうなっているのはノワールが過去に行ったからなんだよね」

「そういうことになるな」

「あの時はあれがノワールにとってもいいことだと思っていたけど、こうなっちゃったら止めるしかない」

「……過去で奴らが何をしようと、それを止めれば歴史が元通りに戻る、ということだな」

「たぶんね。というか今はその方法しかないと思う」

「……そうだな」

「だから僕たちも過去に戻ろう――って、思うんだけど」

「方法のことだな」

俺はイシュタルと見つめ合って、小さく頷いた。

ブランにできたのだから、過去に行く何かしらの方法が存在するのは間違いない。

まずはそれを見つけなきゃと思った。

「それなら分かるよ」

オノドリムがあっけらかんと言った。

「知ってるのオノドリム⁉」

「知ってるというか、実際飛んだのを見てたからやり方はなんとなく分かるよ」

「本当に⁉」

「うん、でも……」

「でも？」

「そのための力がね。マテオの今の力じゃ足りない、あたしでもだめ」

「……海神（わたつみ）なら？」

「うん、それでも」

「……うん」

俺は重々しく頷いた。

オノドリムの言葉の含みが、その意味がすぐに理解できた。

世界が変化してから「水間ワープ」の行き先が全くないので海中に飛んで海神ボディをすぐに持ってくることができなくなっている。

いや、エクリプス改め夜の太陽が俺の呼びかけに応じてくれないように、今の海神ボディがどうなっているのかが分からない。

それでも。

「まずは行こう」

俺は提案し、二人は頷いた。

今の力でも、二人を連れて海中に潜ることはできる。

まずは海神ボディのあるところに行こうと、三人で頷き合ったのだった。

書籍版書き下ろし

ちょっとだけ親孝行ができた

ある日の昼下がり、屋敷のリビングでくつろぎながら読書していると、窓の外で馬車が屋敷の敷地に入ってくるのが見えた。

正門を抜けてゆるゆると入ってきたのは見覚えのある馬車、というかものすごくよく知っている馬車。

爺さんがいつも乗ってる馬車だ。

今日は来るとは聞いてなかったけど……まあ、爺さんはちょくちょくアポなしで来るから別に驚くほどのことじゃない。

俺は本を閉じて、爺さんをもてなす準備をしてもらうようにメイドを呼ぼうとしたその時。

正門を抜けてすぐのところで馬車が停まって、爺さんが降りてきた。

「あれ？　もう降りてる」

思わず声に出るほど驚いた。

いつもとちょっと違った。

いつもは敷地の正門を抜けて、屋敷の玄関先まで馬車で乗り付けてから降りるもんだ。

けど、爺さんはかなり早めに馬車から降りた。

その場所から屋敷の玄関まではまだ距離がある、ざっくりと歩いて数十秒って距離だ。

大した距離じゃないが、それは若者にとっての話。

紛(まぎ)れもない老人である爺さんにはそれでもかなりの距離だ。

なんでだろうと思っていると、馬車から降りた爺さんと目があった。

爺さんはぱあぁ——と瞳を輝かせて、満面の笑みを浮かべた。

大好きな孫を見つけた時に見せるいつもの反応だが、そこから先はいつもとちょっと違った。

なんと、爺さんはその笑顔のまま軽く走り出した。

小走りで屋敷に向かってきた。

「ええっ!?」

俺はめちゃくちゃ驚いた。

正確な年齢は覚えてないけど、確実に七十は過ぎている爺さんだ。

俺がマテオに転生してからずっと爺さんのままで、今まで一度も「走ってる」ところを見たことがない。

それが小走りでやってきた。

速度自体は大したことはない、普通の人間が普通に走ってるだけ。

ただそれを七十を過ぎた爺さんがやってるんだから——驚きだ。

一体どうした？　と思っている内に、ドタドタとした足音が廊下側から響いて、直後にばあん！　とドアが乱暴に開け放たれて爺さんが現れた。

「おお、ここにいたのかマテオ」

「おじい様——わわっ！」

爺さんはほぼノンブレーキで俺に近づいてきて、俺を抱き上げた。

これ自体はいつものこと。

可愛い孫を見る度に抱き上げるのは爺さんが毎回してることだから驚きはしなかった——が。

「あれ？　おじい様」

「どうしたんじゃマテオ？」

「おじい様……なんか力が強くなってる？」

俺は不思議がった。

俺を抱き上げ、いまにも天井に向かって「高い高い」と放り上げそうな仕草の爺さん。

ここしばらく、俺を抱き上げるのにもキツそうだった。

笑顔でハイテンションでやってはいるが、確実に爺さんの「老い」は感じていた。

が、今日はそれがない。

ほとんど「すい」と俺を抱き上げた。

「うむ、よくぞ聞いてくれたマテオ。ここ最近の調子がすこぶる良いのじゃ」

「そうなの？」

「そうじゃ、それもこれもマテオのおかげなのじゃ」

「僕の？　なんで？」

「これじゃよ、これ」

爺さんはそう言い、ニカッと歯を見せて笑った。

俺がダガー先生と手を組んで、爺さんに作った入れ歯。

まったく新しいタイプの入れ歯だ。

ダガー先生の研究で、歯はちゃんとしてた方が健康にいい。

それを聞いて、作り上げた入れ歯なんだが――。

「これにしてからすこぶる調子が良くてのう。何十年ぶりかで肉をぱくぱく食べたし、その分夜もすこぶる快眠じゃ。マテオの歯のおかげじゃな」

「あ、そうなんだ」

なるほど、と思った。

歯がちゃんとしているから肉を食べられた。肉を食べられるようになったから力と元気が出た。

すごくわかりやすくて、すごく納得した。

爺さんが元気になって、俺も嬉しくなった。

「それだけではないのじゃ」

爺さんは俺を降ろして、どや顔をした。

「どういうことなの？」

「新しい歯にしてもらってからモテるようになったのじゃ。若いピチピチなギャルにモテモテなのじゃ」

「そうなの？」

「うむ！　マテオの歯のおかげじゃな」

「そうなんだ」

そういうものなのか？　とちょっとだけ思ったが。

まあ、老人のボロボロな歯よりもちゃんとした綺麗な歯の方がモテる、と言われればそうかもなと思った。

そもそもの話、大公爵である爺さんは普通にしてても「ピチピチのギャル」にモテモテだろうに——とは、あえて言わなかった。

「またまたあるぞい」

爺さんはハイテンションのまま、新しい歯になってからのメリットを力説する。

その度に「マテオの歯のおかげじゃな」と連呼するのがちょっと恥ずかしかったが。

「これもマテオの歯のおかげじゃ！」

元気になった爺さん、俺がマテオに転生してからずっと老人だった爺さんが今までで一番元気になっている姿を見て。

俺もなんだか嬉しくなって、歯をなんとかして良かったなと心の底から思ったのだった。

あとがき

人は小説を書く、小説が書くのは人。

皆様お久しぶり、あるいは初めまして。

台湾人ライトノベル作家の三木（みき）なずなでございます。


この度は『報われなかった村人A、貴族に拾われて溺愛される上に、実は持っていた伝説級の神スキルも覚醒した』の第7巻を手にとって下さりありがとうございます！


おかげさまで、本シリーズも第7巻に突入しました。

皆様に支えられてここまで来られました、なずなのダッシュエックス文庫作品で最も長いシリーズに並びました。

本当にありがとうございます！

また、これも皆様の応援のたまものなのですが、アニメ化の方も無事進行しております。放送はもちろんなのですが、それ以外でも今までになずなが経験したことのないビッグプロジェクトがいくつか進行中です。

そちらも何卒よろしくお願いいたします。

最後に謝辞です。

イラスト担当の柴乃様。今回も最高のイラストをありがとうございます、カバーの雰囲気最高でした！

担当編集T様。今回も色々ありがとうございました！

ダッシュエックス文庫様。七巻を刊行させていただいて本当にありがとうございます！

本書を手に取って下さった読者の皆様方、その方々に届けて下さった書店の皆様。

本書に携わった多くの方々に厚く御礼申し上げます。

次巻をまたお届けできることを祈りつつ、筆を置かせて頂きます。

二〇二四年四月某日　なずな　拝

ダッシュエックス文庫

報われなかった村人A、貴族に拾われて溺愛される上に、実は持っていた伝説級の神スキルも覚醒した7

三木なずな

2024年5月29日　第1刷発行

★定価はカバーに表示してあります

発行者　瓶子吉久
発行所　株式会社　集英社
〒101−8050　東京都千代田区一ツ橋2−5−10
03(3230)6229(編集)
03(3230)6393(販売／書店専用) 03(3230)6080(読者係)
印刷所　株式会社美松堂／中央精版印刷株式会社

ISBN978-4-08-631552-4 C0193